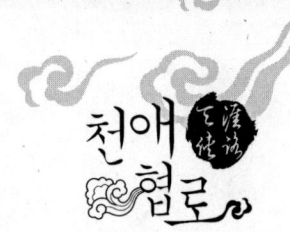

천애협로 6

촌부 新무협 판타지 소설

초판 1쇄 찍은 날 § 2012년 10월 30일
초판 1쇄 펴낸 날 § 2012년 11월 5일

지은이 § 촌부
펴낸이 § 서경석

편집부장 § 권태완
편집책임 § 박우진
디자인 § 이혜정

펴낸곳 § 도서출판 청어람
등록번호 § 제1081-1-89호
등록일자 § 1999. 5. 31
어람번호 § 제2-2272호

주소 § 경기도 부천시 원미구 심곡2동 163-2 서경B/D 3F (우) 420-822
전화 § 032-656-4452 팩스 § 032-656-4453
http://www.chungeoram.com
E-mail § chungeorambook@daum.net

ⓒ 촌부, 2011

ISBN 978-89-251-3054-5 04810
ISBN 978-89-251-2651-7 (세트)

※ 파본은 구입하신 서점에서 교환하여 드립니다.
※ 저자와 협의하여 인지를 붙이지 않습니다.
※ 이 책은 도서출판 청어람과 저작자의 계약에 의해 출판된 것이므로,
   무단 전재 및 유포·공유를 금합니다.

漢俠路

천애
협로

FANTASTIC ORIENTAL HEROES
촌부 新무협 판타지 소설

6 강자존(强者存)

제1장	강자존(强者存)	7
제2장	승패(勝敗)	33
제3장	협로(俠路)이자 협로(狹路)	55
제4장	사제(師弟)	95
제5장	사천행로(四川行路)	123
제6장	흑수촌(黑水村)	147
제7장	귀천(歸天)	177
제8장	하선(河仙)	217
제9장	혈투(血鬪)	245
제10장	분노(忿怒)	279

第一章
강자존(強者存)

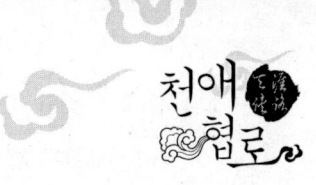

 흔히 무림맹의 본당을 창천검전(蒼天劍殿)이라고 부른다.

 무림맹의 초대 맹주인 창천신검(蒼天神劍) 남궁진무(南宮眞武)의 별호에서 비롯된 창천검전은 도천존 단천화의 상산도원과 함께 당금 강호에서 가장 유명한 장소 중 하나였다.

 무림맹의 본당이라는 명성에 걸맞게, 연회가 벌어진 창천검전의 회장(會場)은 족히 수백 명은 수용할 정도로 넓었다.

 그 위에 차려진 음식 중에는 명물 아닌 것이 없고, 휘날리는 깃발 중에는 비단 아닌 것이 없다.

일개 무부(武府)의 연회치고는 너무나 큰 규모였다.

하지만 연회는 순식간에 엉망이 되어버리고 말았다.

오대세가 중 하나인 모용세가의 후계자가 천애검협 진소량과 비무를 펼치는가 싶더니, 일이 커지고 커진 끝에 마침내 모용세가의 장로들까지 등장하고 만 것이다.

그것만이라면 모르겠으나, 수세에 몰린 천애검협 진소량이 믿을 수 없을 정도로 놀라운 내기를 발출하고 말았다.

'사술(邪術)이다, 사술이야!'

청성파의 송풍검(松風劍) 운현자(雲玄子)가 이를 악물었다. 어떻게든 버텨보려 내력을 일으켜 보았으나 도무지 감당할 수가 없다.

털썩—

결국 무릎을 꿇고 만 운현자가 그가 여태까지 봉행해 온 일검자를 돌아보았다.

그의 사백이자, 삼천존의 자리를 엿본다는 평가를 받는 절대고수 중 하나인 일검자의 표정은 감탄으로 가득했다.

'사백의 안색에 노기가 없다……?'

요사스러운 술법이었다면 응당 나섰으리라. 그의 사백은 정도(正道)에서 벗어나지 않는 무인으로, 한낱 사술 따위에 기대어 힘자랑을 하는 이를 그냥 두고 보지 못한다.

이는 곧 천애검협의 무위가 사술이 아니라는 뜻.

'그렇다면 천애검협은 고작 이십대에 이만한 무공을 익혔단 말인가? 마, 말도 안 되는 일!'

주위를 둘러보니 동배의 후기지수들은 모조리 부복하듯 엎드려 있다. 무림맹주와 검선, 일검자만이 자유롭게 서 있을 뿐, 각파의 장로나 문주들조차도 겨우 버티고 있는 형국이다.

이는 삼천존과도 비견할 만한 무위가 아닌가! 이와 같은 무학을 지니고 있다면 강호를 독보하는 것도 꿈만은 아니다.

운현자가 이를 악물었다.

'믿을 수 없다! 믿을 수 없어!'

천하의 누구의 눈치도 보지 않고 강호를 독보하는 것이야 모든 무인들이 꿈꾸는 바이지만, 그것을 이룬 이는 극히 드물다. 강호에는 기인이사가 모래알처럼 많아서 하늘 끝에 이를 만한 무학을 가지지 못한 이상 독보는 불가능한 것이다.

충격에서 빠져나오지 못한 운현자가 숨을 헐떡일 때였다.

"무림은 강자존이라?"

천애검협 진소량이 자신의 앞을 부유하는 청석 조각을 가만히 쥐어 들었다.

슬며시 손에 힘을 주자, 청석 조각이 퍼석 깨어져 나간다.

"그것이 무림의 정의라면……."

소량의 얼굴이 차갑게 변해가는 것과 동시에, 이전에는 사방을 짓누르기만 하던 기세가 요동을 치기 시작했다.

"나 역시 강자로서 행세하겠다."

더 이상 공대조차 하지 않는 소량이었다. 그들이 약자를 존중하지 않는다면 같은 방식으로 대해줄 생각이었다.

"오만하기 짝이 없는 놈이로다!"

모용세가의 오 장로가 버럭 고함을 질렀다.

소량의 기세를 이겨내기 위해 가진 바 내기를 몽땅 다 끌어올린 오 장로가 소량에게로 쏘아져 나갔다.

쐐애액—!

한때 모용세가의 후계자, 모용단천이 펼쳐 내었던 섬광분운검(閃光分雲劍)이 소량의 미간을 노리고 쏘아졌다.

검강이 한가득 실린 오 장로의 검을 흘끔 본 소량이 대수롭지 않다는 듯 검을 뽑아 아무렇게나 휘둘렀다.

텅!

도대체 어찌 된 일일까!

"큭, 쿨럭!"

오 장로가 경악한 듯 눈을 부릅뜨며 쿨럭쿨럭 기침을 토해냈다. 소량의 검과 부딪히자마자 쏟아부었던 내기가 가닥가닥 부서지며 내상으로 돌아오고 만 것이다.

그 상태에서, 소량이 가볍게 진각을 내딛었다.

쿠웅—!

"으음?!"

진각 속에서 날카로운 기세가 튀어나와 단전을 노리자 오 장로가 허둥대며 뒤로 물러났다. 모용세가의 대장로, 모용구가 신선 같은 수염을 휘날리며 오 장로를 받아내었다.

모용구의 안색은 어느새 어두컴컴하게 변해 있었다.

'이, 일이 어렵게 되었구나.'

설마하니 천애검협의 무위가 이 정도였단 말인가?

그가 무림맹주 진무극이나 무당파의 검선, 청성파의 일검자와 비견할 만한 무학을 가진 줄 알았다면 무슨 일이 있어도 충돌을 피했을 터였다.

'이미 명분을 빼앗겼거니와, 무학에서까지 밀리고 말았다. 지금은 맹주의 도움이 절실해.'

맹주의 도움으로 위기를 모면한다는 것은 마뜩찮은 일이었지만, 그것만이라면 '충분히 버텨낼 수 있었는데 그가 공연히 나선 것'이라는 식으로 무마할 수 있다.

여러 가지 정치적 문제가 남겠지만 손 쓸 틈 없이 완벽하게 패배하는 것보다는 낫다.

모용구가 맹주를 돌아보며 입술을 달싹였다.

[상황이 어렵게 되었구려. 조석(朝夕)으로 언행이 변한다고 탓할지도 모르겠으나, 오대세가의 분열을 보지 않으시려거든 나서셔야 할 게요, 맹주.]

소량의 무위에 놀라 눈을 휘둥그레 뜨고 있던 무림맹주 진무극이 모용구를 바라보며 얼굴을 구겼다.

모용구가 이번엔 모용세가의 장로들에게 명령을 내렸다.

"추검진(推劍陣)을 펼치게."

추검진은 모용세가에서도 손꼽히는 절진(絶陣)으로, 생사대적이 아니면 펼치지 않는다는 비전 중의 비전이었다.

이렇게 함부로 소용해서는 안 될 절학이지만, 명예가 땅에 떨어지게 생긴 지금 못할 일이 무엇이랴!

장로들이 심각한 얼굴로 고개를 끄덕였다.

모용구가 씁쓸한 얼굴로 첨언했다.

"실력 중 삼 할은 숨기라는 강호의 격언이 있긴 하지만…… 지금은 할 수 있는 한 최선을 다해야 할 것이야."

"그리하겠습니다."

명령이 끝나자마자 모용세가의 장로들이 흩어지기 시작했다. 배워 온 가락이 무학이라고, 소량의 내기에 잠식당해 있으면서도 그들의 움직임은 제법 그럴듯했다.

장내에 움직이지도 못하는 무림인들이 수도 없이 많다는

것을 생각하면 모용세가의 공력이 뛰어나다는 것만은 인정해야 할 터였다.

모용세가의 장로들이 진법을 완성하기 전에 출수하는 것이 이로울 테지만, 소량은 아예 미동도 하지 않았다.

'강자임을 천명했으니 나 이제 보여주리라.'

소량이 해볼 테면 해보라는 듯 눈을 지그시 감았다.

오 장로가 수염을 파르르 떨려왔다.

"이, 이놈이 우리 모용세가의 명예를 땅에 처박는구나!"

"명예라······."

소량의 눈썹이 한 차례 꿈틀거렸다.

생각해 보면 조금 전에 오 장로가 무어라고 했던가?

"수적 따위와 우리 모용세가를 비교하는 네놈이야말로 크게 착각하고 있는 것이다! 무림은 강자존! 수적의 명예와 우리 모용세가의 명예에는 하늘과 땅만큼의 차이가 있다!"

소량이 무심한 눈으로 오 장로를 바라보았다.

"묻노니, 명예란 무엇인가?"

오 장로는 소름이 오싹 돋는 것을 느꼈다. 오만하기까지 한 그 모습에서 그가 아는 절대자 한 명이 떠오른 것이다.

'도, 도천존?'

오 장로가 기가 질린 표정을 지을 때였다.
모용구가 긴장한 듯 침을 꿀꺽 삼키고는 말했다.
"개진(開陣)!"
쿵—
모용세가의 장로들이 동시에 진각을 밟자 땅이 울었다. 마치 천지에 커다란 종이 있어 둔중하게 울려 퍼지는 듯했다.
진각은 한 번으로 끝나지 않았다.
쿵, 쿵, 쿠웅—
진각이 세 번이나 더 이어지자 장내를 짓누르던 소량의 내기가 사라졌다. 마치 새장 안에 갇힌 듯, 소량의 내기는 진법 안에서만 감돌뿐이었다.
소량은 태연자약한 얼굴로 주변을 둘러보았다. 반선의 것과도 닮은 부드러운 기운이 전신을 옭아매고 있다.
'모용세가의 검은 속가(俗家)의 것이라고 알고 있는데, 기이하게도 반선 어르신의 검과 닮았구나.'
모용세가의 시조가 전진도문 출신이었다더니 그 영향이 남아 있는 모양이었다.
'준비는 끝났는가?'
그렇다면 자신이 움직여야 할 때였다.
우우웅—
소량이 발검식(拔劍式)을 취하듯 패검하자 주위의 기운이 소량에게로 빨려들었다.

　장로들이 '엇?' 소리를 내며 소량 쪽으로 주춤 끌려갔다.

　"추, 출진! 서둘러! 서둘러 출진하라!"

　모용구가 다급히 외치자 소량의 머리로 수십 개의 검이 쏟아졌다. 개개인이 수도 없이 많은 허초를 뿌려낸 것인데, 신묘하게도 그중에 겹치는 검로는 하나도 없었다.

　추검진은 천하에 드문 고절한 검진이었던 것이다.

　일촉즉발의 순간, 소량의 검이 발출되었다.

　콰콰콰—!

　소량의 검에서 검강이 발출되어 앞으로 뻗어 나갔다.

　마치 거대한 용이 나타나 바닥을 할퀴고 지나가는 듯한 모습에 전면에 있었던 모용구가 이를 악물었다.

　"회진(回陣)!"

　추검진이 빠르게 뒤로 물러나더니, 가볍게 원을 그리며 회전했다. 진법의 일각(一角)에 서 있는 모용구와 오 장로 사이로 빈틈을 만들어 태룡과해를 흘려내려는 것이다.

　그 의도는 성공을 거두었다.

　태룡과해는 공연히 바닥만 긁고 지나간 것이다.

　"도, 도천존! 도천존의 태룡도법이다!"

　"천애검협은 정말로 도천존의 진전을 이은 것이었어!"

　추검진 덕택에 소량의 내기에서 풀려난 무인들이 크게 감탄을 터뜨렸다. 이와 같은 싸움은 강호에서도 쉽게 볼 수 없는 것으로, 그 안에 수많은 검리가 녹아들어 있으니 보는 것만으로도 기연을 얻는 것이나 다름이 없다.

위험할 법할 텐데도 그들 중에는 물러나는 이가 없었다.

"공세(攻勢)!"

위기를 넘긴 추검진이 좌우를 가릴 수 없을 정도로 현란하게 변해가더니, 검강이 실린 검을 쏟아냈다.

츠츠츠―!

그 기세가 개인이던 이전과 달리 강력하기 짝이 없다. 이는 검진 속에 갇혀 있기에 느끼는 현상으로, 내부에 있는 자는 태산이라도 마주한 듯한 압박감을 느끼게 마련인 것이다.

하지만 소량에게 위기감이라고는 없었다.

자신이 검을 놀리는 것이 아니라 검이 자신을 놀리는 것 같았다. 마음대로 검이 나가는 것도 같고, 검이 자신의 마음을 부르는 것도 같다.

신검합일(身劍合一)이라!

몸속 가득히 끓어오르던 내공을 풀어내었던 조금 전처럼, 소량은 검이 가는 길을 막아서지 않고 그대로 쫓았다.

이전에도 비슷한 경험을 해본 적이 있었던 것이다.

그 결과는 태룡치우(太龍治雨)로 나타났다.

파파파팟―!

실낱같은 소리와 함께 검강이 비처럼 쏟아졌다. 아직 도천존의 경지에 이르지 못해 검환 대신 검강이 발출된 것이다.
 모용세가의 장로들이 눈을 휘둥그레 뜨며 뒤로 물러났다.
 '조금만 더, 조금만 더 내력을 끌어 올린다면……'
 소량의 눈빛이 점점 더 심유해졌다.
 만약 사망객에게서 유선을 구해내었을 때처럼, 할머니를 만나러 갔던 남궁세가에서처럼, 신도문주 곽채선과 일전을 벌였을 때처럼 일순간에 내공을 폭발시킨다면 어떻게 될까?
 '바로 지금!'
 내내 준비하던 소량이 단번에 내력을 폭발시켰다.
 마치 폭우 속에서 물안개가 일어나는 것처럼, 형태마저 잃고 무형(無形)이 되어버린 검강이 사방으로 흩어졌다.
 "크흑!"
 장내의 무림인들은 저도 모르게 이를 악물었다. 멀리 떨어져 있음에도 불구하고 코앞에서 예기가 느껴진 것이다.
 물론, 모용세가의 장로들은 그보다 더한 충격을 느꼈다.
 "사, 산개(散開)! 막아! 아니, 피해라!"
 "커헉!"

오기에 치밀어 끝까지 소량을 공격하려다가 무형검강에 당해 버린 오 장로가 비명을 지르며 뒤로 튕겨났다. 소량이 살기를 거둔 덕택에 망정이지, 아니었다면 몸이 양단되었으리라.

텅, 터텅—!

"크흐음."

모용세가의 삼 장로와 사 장로가 뒤이어 튕겨났다. 끝까지 버티던 이 장로의 가슴팍에는 커다란 검상이 남아 있었다.

소량은 자신의 검을 바라보며 놀란 표정을 지었다.

'태룡승천(太龍昇天)?'

아니, 엄밀히 따지면 태룡승천은 아니었다. 지금의 무형검강은 유영평야의 혈사 덕택에 얻은 심득에 불과할 뿐, 결코 태룡도법의 진체가 아닌 것이다.

하지만 어째서인지 태룡승천을 짐작할 수 있을 것 같다.

'조금이나마 알 것 같구나.'

머릿속은 상념으로 가득 차 있었지만, 손은 저절로 움직여 검로를 펼쳐 갔다. 검무(劍舞)를 추듯 부드럽게 회전하던 소량이 부드럽게 검극을 꺾었다.

"쿠, 쿨럭!"

마지막으로 진법의 축에 서 있던 모용구가 신음을 토해내며 주르륵 밀려나더니, 무릎을 털썩 꿇었다.

소량은 그제야 느릿하게 검을 멈추었다.

"……."

장내가 얼음물이라도 뒤집어 쓴 듯 싸늘해졌다.

천하의 추검진이 발동된 지 이 초식 만에 무너지고 말았으니, 누가 있어 함부로 입을 열 수 있겠는가!

"어른과 아이의 싸움이나 마찬가지……."

한참이 지나서야 누군가 입을 열었다.

압도적.

천애검협의 무위는 모두의 상상을 넘어서고 있었다.

"아직 끝나지 않았다!"

그 순간, 모용구가 검으로 땅을 짚으며 힘겹게 외쳤다. 방금의 일수로 인해 적잖은 내상을 입었지만, 여기서 포기하면 모든 것이 끝나 버리게 생겼으니 가만히 있을 수가 없다.

소량은 검을 패검하고는 가볍게 손을 휘저었다.

수도만으로도 무형의 기운을 발출할 수 있던가?

"큭!"

모용구가 역수로 짚고 있던 검이 부러졌다.

소량이 천천히 그에게로 걸음을 옮겼다.

"강호에 나와 많은 것들을 보았다."

모용구가 이해할 수 없다는 듯 눈을 치켜떴다.

"제 것도 아닌 비급을 얻고자 목숨마저 버리려 드는 무인을 보았고⋯⋯."
 도천존의 비급을 노리고 덤벼들었던 무림인들은 도움의 손길조차 외면하고 의심하기 일쑤였다. 정도문파임을 자처하고 입버릇처럼 협의지심(俠義之心)을 논하던 그들이었지만, 정작 그것을 행동으로 옮기는 이는 없었다.
 오로지 욕망만이 남아 있을 뿐.
 "더 높은 무공을 위해 채 피어나지도 못한 아이들의 생명을 취하던 괴물도 보았지."
 신도문주 곽채선은 더 높은 무공을 위해 아이들의 정혈을 갈취했다. 무림은 강자존, 그 역시 강자가 되어 천하를 오시하고 싶었으리라.
 "그리고 오늘. 어린아이 하나를 구하고자 제 목숨을 바쳤음에도 불구하고 조롱을 당하던 무인을 보았고, 그를 조롱하며 웃던 사람과 그것을 구경만 하던 사람들을 보았다."
 장내의 무림인들의 표정이 어두워졌다. 모용세가의 권력에 대항하지 못해서, 혹은 이것을 기회로 삼아 천애검협의 무위를 구경하기 위해서 그들은 모두 입을 다물고만 있었다.
 마침내 소량이 모용구의 앞에 당도했다.
 "묻노니, 명예란 무엇인가?"
 작은 새를 구해주려던 청년을 그저 바라보기만 했던 서영권처럼, 모용구는 멍하니 소량을 바라보았다.

그라고 어찌 옳고 그름을 모르겠는가!

그에게도 소량과 같은 꿈을 꾸던 시절이 있었다.

백성들을 돕기 위해 천하를 동분서주하던 시절, 협객의 꿈을 꾸던 시절. 참으로 찬란하면서도 가슴 아픈 추억이었다.

하지만 일개 무인의 몸으로는 눈앞의 몇 사람을 구하는 것이 고작이었다. 더 많은 백성들을 구하려면, 일개 무인으로 남아서는 아니 되었다.

더 높은 곳에 올라더큰 힘을 가져야 했다.

"무림은 곧 강자존이라……. 옳은 말이오. 알고 보면 무림뿐만이 아니라 세상이 곧 약육강식이지."

모용구의 눈빛에 회한이 깃들었다.

"하면 강자가 되기 위해서는 어찌해야 하는지는 아시오? 그대처럼 하늘 끝[天涯]에 도전할 만한 무공을 연마하는 수도 있고, 거부가 되어 금력(金力)을 취하는 수도 있지만… 최고는 권력을 가지는 것이라오. 본래 권력을 가진 자는 고개 숙이는 법이 없소. 누구에게도 고개를 숙이지 않으려면 권력을 쥐면 되고, 권력이 없거든 고개를 숙이면 되오."

"틀린 답이다. 다시 답하라."

"주위를 둘러보시오. 그대의 말이 옳다고 동조하는 자가 몇이나 있었소? 모두 우리 모용세가의 권력을 두려워해 지켜보기만 하지 않았소?"

소량은 부지불식간에 주위를 둘러보았다. 서영권과 더불어 술을 마시곤 했던 장만호나, 신근욱 같은 하급 무사들이 부끄러움 가득한 얼굴로 그의 시선을 피했다.

소량은 그들을 이해할 수 있었다.

잘못 끼어들었다가 목이 달아날까 두려웠으리라. 모용세가의 눈 밖에 난 끝에 위사의 직위를 잃고 가족들과 함께 길거리에 나앉게 될까 봐 두려웠으리라.

한때는 자신도 그러했었다.

"민심은 천심이라, 권력은 곧 백성들로부터 나온다는 이야기가 있긴 하오. 하지만 사실 권력이 이디에서 나왔는지는 조금도 중요치 않소, 천애검협. 중요한 것은 권력 그 자체지. 생각해 보시오. 가진 것 모두를 잃을 각오를 하고 옳은 것을 옳다고 말하는 사람이 천하에 몇이나 있겠소?"

소량은 아무런 말도 하지 않았다.

모용구가 코웃음을 쳤다.

"권력은 영원히 존재하는 괴물이오. 일개 무인의 몸으로는, 일개 백성의 몸으로는 결코 상대할 수 없는 괴물! 아무리 많은 피를 흘려도 절대 바뀌지 않는 괴물! 그러니 기존의 틀을 바꾸려 들지 마시오! 정히 세상을 바꾸고 싶다면 차라리 권력을 쥐시오! 옳은 것을 옳다고 말하는 기개는 기개로만 남 을 뿐, 아무것도 바꿀 수 없소!"

모용구의 안광이 점점 강렬해졌다.

"무림맹에 들어 직위를 얻으시오, 학문을 닦아 조정에 드시오! 진흙 속에서 연꽃을 피우시오! 백지로 남으려 하지 말고 진창에 뛰어들란 말이오!"

삼십 년쯤 전이었던 것 같다.

이상을 꿈꾸며 세가로 돌아온 모용구는 제일 먼저 권역 내에서 암약하던 흑사방(黑砂幇)을 제거하고자 했다.

하지만 수뇌부들은 쉬이 허가를 내주지 않았다. 그 과정에서 생기게 될 피해가 너무 클 것이라는 이유에서였다.

그러던 어느 날, 당시 대장로였던 모용천이 암살당했다.

암살 계획을 사전에 알아낸 모용구였으나, 그는 세가에 그것을 알리지 않았다. 대장로가 암살당해야 흑사방을 청소할 수 있을 테니까. 더 많은 백성을 구할 수 있을 테니까.

차기 대장로가 된 모용록은 흑사방과 내통하던 자였다. 그는 흑사방을 제거하는 데 도움을 주겠다며, 대신 일이 끝나면 그들이 차지하고 있던 상권을 자신에게 달라고 부탁했다.

모용구는 그의 비리를 묵인했다.

자신을 아버지처럼 따르던 수하가 모용록의 비리를 알아

채곤 그것을 가주에게 알리겠다고 선언했던 때도 있었다.
 모용록은 자신의 비리가 드러나기 전에 수하를 죽이겠다고 통보했고, 모용구는 그것 역시 묵인했다.
 '저만 믿으십시오. 모용록, 그자의 배신을 반드시 막아내고야 말겠습니다'라고 외치던 수하의 어깨를 두드려 주던 날.
 바로 그날이 수하가 죽던 날이었다.
 권력이라는 괴물을 얻기 위해서는 괴물이 되어야 했다.
 "이쯤에서 그만합시다, 천애검협."
 모용구가 잔뜩 지친 얼굴로 자리에서 일어났다.
 "명예가 무엇인지 물었소? 명예는 도구요. 권력을 장식해 줄 도구. 그리고 그대는 이미 그것을 얻었소."
 모용구의 목소리는 크지 않아 몇몇 사람밖에 듣지 못하였지만 그 말에 공감하지 않는 자가 없었다.
 모용구는 소량이 납득했다고 여기며 몸을 돌렸다.
 그 순간이었다.
 "틀린 답이다. 다시 답하라."
 "무어라?"
 모용구가 오만상을 찌푸리며 고개를 돌렸다.
 소량이 단호한 표정으로 그를 노려보고 있었다.
 "권력을 얻어 세상을 바꾼다? 가능하겠지. 하지만 가장 낮은 곳은 낮지 아니하고 가장 높은 곳은 높지 아니한 법. 나는 세상이 다 그렇다고 포기하지 않아."

높은 곳에서 세상을 바꾸는 것이 가능한 것처럼, 그 반대도 가능하다. 한 명, 한 명이 옳은 것은 옳다고, 그른 것은 그르다고 말하면 된다. 일개 백성이 홀로 그리 말한다면 핍박받을 테지만 만인이 그리 말하면 세상은 틀림없이 바뀐다.

다만 모두들 외면할 뿐이다.

두려워서, 혹은 알지 못해서, 혹은 자신의 이득을 위해서.

"그러므로 나는 가장 낮은 곳에서 요구하겠다."

"정녕 끝까지……."

모용구는 문득 두려움을 느꼈다. 권력이 가장 두려워하는 사람이 바로 이런 사람이다. 권력의 앞에서도 무릎 꿇지 않는 자, 끝까지 옳은 것을 옳다고 말하는 자.

두려움은 곧 분노를 불러일으켰다.

"만약 우리가 끝까지 무릎 꿇지 않겠다면 어찌시겠소? 혼자 몸으로는 세상은커녕 우리 모용세가조차 감당할 수 없을 터! 당신에게 우리 모용세가를 감당할 자신이 있소이까!"

장내의 무인들이 안타깝다는 듯 눈을 질끈 감았다. 일개 무인의 몸으로 수십, 수백 명의 고수가 포진한 세가를 어찌 감당하겠는가? 치졸한 협박이나 그만큼 무서운 협박이었다.

소량은 대답 대신 서영권을 흘끔 돌아보았다.

어린아이 하나를 구하고자 제 목숨을 걸었으면서도 어설프다고 놀림을 받던 사람. 부당한 모욕에 죽음을 불사하고 덤벼드는 대장부이자 소박한 술자리를 좋아하는 사람.

그는 다 늙은 얼굴을 눈물로 적셔 놓고 열심히 고개를 젓고 있었다. 차라리 자신이 죽고 말지, 자기 때문에 소량이 죽음의 위기로 걸어가는 건 못 보겠다는 투였다.

분노가 치밀어 오르는데 신기하게도 웃음이 나온다.

"하하하!"

이제야 비로소 무림을 이해할 수 있을 것 같았다.

무력이 곧 권력인 뒤틀린 유협(游俠)들의 세상 속에서 죽어도 무릎 꿇지 않겠다는 자를 만났으니 어찌해야겠는가!

분노는 가슴 깊숙한 곳에 숨어 비웃음으로 변해갔다.

"하늘 끝에 오르기로 한 지금, 작은 산 하나를 감당치 못할 이유가 어디 있겠는가?"

소량의 말이 끝나자 장내의 무인들이 눈을 부릅떴다.

독보강호(獨步江湖), 일인문파(一人門派)!

방금 천애검협은 믿을 수 없는 선언을 한 것이다.

"이제 그대들에게 묻겠다."

소량이 웃음기를 거두고 모용세가의 장로들을 차가운 눈으로 바라보았다. 강자임을 믿고 약자를 무시한다면, 그들보다 더한 강자를 만났을 때에는 과연 어찌할 것인가.

이제 그것을 확인할 차례였다.

"그대들은 나를 감당할 수 있겠는가?"

우우웅—

소량의 말이 끝나기 무섭게 장내를 뒤덮고 있던 기운이 크게 일렁거렸다. 숨을 죽인 채 그 모습을 지켜보던 무림인들은 하나같이 삼천존을 떠올렸다.

도천존, 창천존, 검천존.

왜 젊은 청년에게서 그들의 모습이 떠오른단 말인가!

"이 건방진 놈!"

쐐애액—

그 순간, 소량의 뒤에서 파공음이 울려 퍼졌다. 기력을 되찾은 삼 장로가 다시금 소량의 후방을 공격한 것이다.

턱!

삼 장로의 검이 코앞까지 다가올 즈음, 소량이 맨손으로 그것을 움켜쥐더니 자신 쪽으로 홱 잡아당겼다.

삼 장로가 놀라 눈을 부릅뜰 때였다.

쾅—!

석벽이 부서지는 듯한 소리와 함께 삼 장로의 신형이 멀찍이 튕겨났다. 삼 장로 역시 검기성강의 경지에 오른 고수인데, 단 일 수만에 오 장 너머로 사라진 것이다.

"커헉!"

 굉음과 함께 바닥에 떨어진 삼 장로가 크게 신음을 토해 냈다. 내력이 줄줄 새어 나가며 끔찍한 고통과 허탈감이 찾아왔다. 천애검협의 일장이 지나가자 단전이 박살 난 것이다.

 손속에 여유를 두었던 지금까지와는 다른 섬뜩한 한 수였다.

 "무릎 꿇지 않겠다면 강제로 그리하게 하리라!"

 소량이 모용구에게로 시선을 돌리며 차갑게 속삭였다.

 "놈! 감히 삼 노형을!"

 모용세가의 장로들이 크게 외치며 소량에게로 쇄도했다.

 소량은 차가운 얼굴로 다시금 검을 패검했다. 거대한 내기가 소량 쪽으로 끌려 들어가더니, 곧이어 빛살이 일어났다.

 콰콰콰콰—!

 태룡과해라! 구불구불한 거대한 용이 바닥을 긁고 지나가자 사방에 자욱한 흙먼지가 일어났다.

 장내에 가득한 무인들이 저도 모르게 얼굴을 가렸다.

 "으, 으음?"

 그들이 다시 눈을 떴을 때에는 장내에는 기이한 광경이 펼쳐져 있었다. 천애검협이 뒤이어 태룡치우를 펼쳐 내는데, 앞에 청성파의 일검자가 서서 검로를 걷어내고 있는 것이다.

"손속이 너무 과하구먼."
"일검자께서 나섰구나!"
누군가가 커다란 목소리로 외쳤다.

第二章
승패(勝敗)

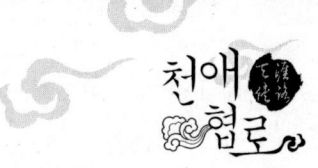

 일검자는 본래 사천(四川) 사람으로, 일찍이 청성파에 들어 그 배분(配分) 또한 높은 도인이었다.
 그는 성취를 얻기 전에는 강호에 출도하지 않겠다며 불혹(不惑)의 나이에 이르기까지 청성파에만 틀어박혀 있었는데, 사람들은 불학도인(不學道人)이라며 그를 조롱하곤 했다.
 그러나 그가 강호로 나섰을 때에는 아무도 그를 조롱하지 못하였다. 그의 무학은 이미 무당파의 검선이나 무림맹주 진무극과 비견될 만한 경지에 올라 있었던 것이다.
 그런 일검자를 상대하게 되었으니 이제 어찌될 것인가!

장내의 무림인들은 숨죽인 채 일검자와 천애검협을 바라보았다. 장내를 압박하는 무거운 기세를 이겨내고 고개를 들어보니 검강이 부딪치고 흙먼지가 피어오르는 것이 보였다.

"미, 밀리지 않아?"

천애검협은 단 한 걸음도 물러서지 않은 채 공세로서 일검자를 밀어붙이고 있었다.

오히려 그를 대적하는 일검자가 분주하게 몸을 놀린다.

놀랍게도 천애검협은 일검자를 상대하면서도 좌중을 지배하던 절대자의 모습을 잃지 않은 것이다.

그것은 결코 일검자의 무위가 소량보다 부족하기 때문이 아니었다. 엄밀히 말하자면 일검자의 무공은 소량과 평수, 아니, 그보다 확실히 윗줄이다.

다만 일검자에게는 싸울 마음이 없었다. 그저 소량과 모용세가와의 싸움을 말리고자 뛰어든 것일 뿐.

소량의 검로를 걷어낸 일검자가 두어 걸음 물러났다.

"이쯤에서 그만하게."

"비켜주십시오."

소량이 검을 늘어뜨린 채 차갑게 되뇌었다.

"손속에 자비를 두겠다면 물러남세. 자네가 화를 내는 것은 이해하지만, 모용세가는 무림의 기둥 중 하나일세. 모두가 저 모양인 것도 아니고."

소량이 답변도 없이 모용세가 쪽으로 몸을 돌리자 일검자가 재빨리 신형을 날렸다. 빙허임풍(憑虛臨風)의 경공으로 소량에게 다가온 뒤, 칠십이파검(七十二波劍)을 펼쳐 내는데 하나같이 무섭지 않은 것이 없다.

 소량이 이를 질끈 깨물었다.

 핏, 핏, 핏—!

 정중동(靜中動)이라 했던가?

 정지되어 있는 것처럼 느리게 보이는데, 눈을 한 번 감았다 뜨면 검극이 코앞에 다가와 있다. 무림맹의 무인들은 모를지 몰라도, 소량만은 일검자라는 노도사의 무공이 자신보다 윗줄에 있다는 것을 확실히 알 수 있었다.

 다만 이상한 것은, 도가의 무공이라 치기에는 초식이 유달리 강맹하다는 점이었다.

 '도가의 검보다는 불가의 검에 더 가깝다.'

 본래 도가의 무학은 음유하여 '부드러움이 강함을 이긴다[柔弱勝强剛]'의 이치를 좇는다.

 청성파가 비록 쾌검을 추구한다지만, 도가의 일맥이니 일검자의 무학도 음유한 성질을 지니고 있어야 마땅한 것이다.

 하지만 기이하게도 지금의 검로는 오히려 양강(陽强)에 가까웠다. 어찌하여 도호를 일검(日劍)이라 했는지 알 것 같다.

 쐐애액—!

소량이 오행검의 수검세로 일검자의 검을 흘려내며 한 걸음 물러났다. 그와 동시에 마치 패검하듯 검을 수습한다.
태룡도법을 다시 한 번 펼쳐 내려는 것이다.
일검자가 크게 감탄을 토해냈다.
"하! 내력이 쇠하기는커녕 점점 강맹해져?"
"비켜 달라 말씀드리지 않았습니까!"
콰콰콰—!
말이 끝나기도 전에 소량의 손에서 태룡과해가 펼쳐졌다.
"헐헐헐!"
일검자는 차분하게 태룡과해를 피해냈다.
양강의 무학으로만 보이던 그의 검로가 기기묘묘하게 바뀌더니 음유하게 태룡과해를 흘려낸 것이다.
"아니, 새로운 공력이 아니로구나. 가면 돌아오지 않는 것이 없고[无往不復], 마치면 반드시 시작함이 있다[終則有始]는 게로군! 일검자야, 일검자야. 네가 장강의 뒷물결이 앞물결을 밀어낸다는 말을 이제야 실감하는구나."
본래 태룡도법은 내력을 발출한 후, 그것을 다시 수습해 다음 초식으로 연결하는 고절한 수법이니 무왕불복, 종칙유시라는 말이야말로 가장 잘 어울린다 할 수 있다.
"이제 태룡치우의 차례인가?"
일검자가 소량의 얼굴을 바라보며 중얼거렸다.

소량이 이를 질끈 깨물며 내기를 끌어올렸다.

우우웅—

소량이 내기를 끌어 모음과 동시에 대기가 진동했다.

"대단하다, 대단해!"

일검자가 주위를 흘끔 바라보며 탄성을 질렀다.

본래 고수가 되면 될수록, 내력의 양보다는 그 질을 따지게 마련이다. 사방을 잠식한 천애검협의 내력도 양만으로만 따지자면 그리 대단치 않다.

워낙에 정련되어 천지의 기운이 호응을 해줄 뿐.

'이만하면 양신의 태동도 멀지 않은 셈……'

그렇다면 진정으로 평수, 자신과 같은 경지다.

'아무래도 일이 쉬울 것 같지가 않구먼.'

일검자가 그리 생각할 때였다.

"으음?!"

진각을 밟는가 싶던 소량의 신형이 갑자기 사라졌다.

자신에게 내기가 쏟아질 것이라 예상한 일검자가 다급히 보법을 펼쳤지만, 소량은 그쪽으로 출수하지 않았다.

"놈!"

일검자의 표정이 구겨진 종잇장처럼 변해갔다.

곰과 같은 놈일 줄 알았는데 여우처럼 영리하기 짝이 없다. 천애검협은 기세를 한가득 쏟아부어 놓고는 오히려 그것을 반발력 삼아 신형을 뒤로 물린 것이다.

"커헉, 컥!"

소량의 왼손에는 어느새 이 장로의 목이 잡혀 있었다. 검을 역수로 짚은 소량이 검병의 끝으로 그의 단전을 부수었다.

쾅!

석벽이 깨어지는 소리와 함께 모용세가의 이 장로가 비명도 지르지 못한 채 멀찍이 튕겨났다.

"손속에 자비를 두라 하지 않았던가!"

일검자가 노호성을 터뜨리며 칠십이파검을 펼쳐 나갔다.

일파(一波)는 곧 만파(萬波)라!

작은 물결이 겹치고 겹쳐 커다란 파도를 만들어낸다.

태룡도법이 내력을 보내고 받기를 강조하는 도법이라면 칠십이파검은 내력의 중첩에 주안점을 두는 검술인 것이다.

소량은 태룡과해 대신 오행검의 수검세를 펼쳤다.

"이, 이놈 봐라?"

강맹한 초식을 펼칠 줄 알았는데, 오히려 음유하고 부드러운 초식을 펼친다. 조금 전과 비교하면 미약하다 할 것인데도, 일검자는 당황한 얼굴로 검을 흩뿌리며 뒤로 물러났다.

챙강—!

강기와 강기가 부딪쳤거늘 기이하게도 청명한 이명이 들려왔다. 알고 보면 그것은 칠십이파검의 일파가 박살 나며 나는 소리였던 것이다.

첫 번째 파도가 깨어지고 두 번째 파도에 금이 간다.
세 번째 파도가 부서지고 네 번째 파도가 일렁인다.
"하! 정녕 깨달은 것인가?"
일검자가 미간을 잔뜩 찌푸리며 외쳤다.

그의 말대로였다. 소량은 일검자가 음유한 초식을 펼쳐 태룡과해를 흘려낸 데서 무언가를 깨달을 수 있었던 것이다.
'양강지력이 아니야. 화(和). 강유가 동시에 있음이다.'

유약승강강이라 했으나 어디 음양이 따로이 논다던가? 태극의 이치가 그러하듯, 음양은 본래 서로 돌고 도는 법이다.
'오히려 음유한 내력을 기반으로 한 것이었어.'

이는 태룡도법과도 일맥상통하는 가르침이었다.

첫 번째 초식인 태룡과해는 양강에 가까운 듯하나 그 안에 음유함이 숨어 있고, 두 번째 초식인 태룡치우는 음유한 듯하나 강맹함을 품고 있다.

그것이 조화를 이루면 세 번째 초식, 태룡승천에 이른다.
"진정으로 알았구나!"
일검자가 눈을 휘둥그레 뜨며 외쳤다.

일검자의 공력은 본래 음유함에 치우쳐 양강을 품지 못했다. 그것만으로도 고수라는 소리를 들을 수 있었지만 무학이 늘어나면 늘어날수록 가로막는 벽은 점점 커져만 갔다.

하여 본래 풍(風) 자 배였던 도명까지 일(日) 자로 고치고 양강의 무학을 취하기 위해 노력했다. 음양이 조화를 이루면 그 역시 삼천존의 경지에 오를 수 있는 것이다.
 다만 아직은 화(和)의 경지에 이르지 못해 고심하고 있었는데, 오늘날 이렇게 비밀을 들켜 버리고 말았다.
 '도대체 어떻게 된 놈이기에!'
 일검자는 경호성을 터뜨리며 칠십이파검의 마지막 초식을 펼쳤다. 내력의 중첩이 눈에 보이지 않을 정도로 빠르게 이루어지자 그의 강기가 태산처럼 커져 갔다.
 소량이 검을 수평으로 들어 그것을 막아냈다.
 "으음?"
 일검자가 의아한 듯 검과 검이 맞닿은 지점을 바라보았다. 음양이 조화를 이루듯 강기가 얽히고 있었다. 일검자가 음유한 공력을 기반으로 양강의 초식을 펼쳤다면 소량은 그 반대였는데, 서로 다른 공력이 마치 끌리듯이 한데 뒤섞여 간다.
 이대로라면 먼저 검을 빼는 쪽이 낭패를 보게 생겼다.
 '젊은 놈 때문에 무슨 고생인지 모르겠구먼.'
 일검자가 먼저 검을 뒤로 물렸다.
 그러자 벽력탄이라도 터진 듯 빛살이 일어났다.
 콰아앙—!
 검과 검이 마주친 바로 그 지점에서 내기의 폭풍이 일어났다. 일검자와 소량 주위에 있던 모든 사물이 그들을 중심으로 원을 그리듯 주르륵 밀려났다.

아니, 사물뿐만이 아니었다.

"크아악!"

모용세가의 삼 장로와 오 장로가 비명을 지르며 뒤로 튕겨났다. 그들의 전신은 크고 작은 검상으로 가득했다.

가득히 피어났던 흙먼지는 한참이 지나서야 가라앉았다.

"이, 이게 무슨!"

장내의 무인들은 경악을 금치 못하였다. 천애검협은 여전히 검을 수평으로 든 채 오롯이 서 있는 것이다.

몇 걸음이나 물러난 것은 이번에도 일검자였다.

"쯧쯧."

몸을 부르르 떨어 소량이 남긴 경력을 해소해 낸 일검자가 삼 장로와 오 장로를 흘끗 보고는 혀를 끌끌 찼다.

그들은 이미 혼절하여 바닥에 널브러져 있었다.

'길에 오른 지 얼마 되지 않아 기운을 줄기줄기 흘리고 있는 녀석이니 지기야 하겠냐만… 저 녀석이 하고자 하는 일만은 쉽게 막을 수가 없겠다.'

승부를 결하자면 못할 것도 없지만 그동안 적지 않은 시간을 소용하게 될 터. 그 사이에 소량이 모용세가 장로들의 무학을 폐하고자 한다면 말릴 도리가 없다.

승패(勝敗) 43

"나와도 끝을 볼 게 아니라면 이쯤에서 그만하세."

일검자가 검을 패검하고는 씁쓸하게 중얼거렸다.

소량은 대답없이 장로들 쪽으로 몸을 돌렸다.

"자네가 이해하게."

몇 걸음 걸어가던 소량이 걸음을 멈추었다.

일검자가 안타까운 얼굴로 한숨을 내쉬었다.

그로서도 모용세가의 태도는 마음에 안 드는 것이었다. 무림맹의 일이 없었다면 아예 나서지도 않았으리라.

"자네가 이해해야 해."

일검자가 재차 말했지만 소량에게서는 여전히 답변이 없었다. 심지어 그는 일검자를 돌아보지도 않았다.

"그 나이에 이 정도이니, 빈도의 나이쯤 되면 세상을 품을 대기(大器)가 되겠지. 하나 지금 자네를 보니 빈도의 나이가 되기 전에도 객사하게 생겼네. 성정이 너무 곧으니 휘어지는 대신 부러져 버리고 말 게야."

말을 마친 일검자가 '늙어서 그런지 벌써 뼈마디가 쑤시는구먼'이라고 중얼거리며 무릎을 두드렸다.

"이처럼 그릇된 것을 볼 때마다 나선다면, 어찌 모용세가만이 문제겠는가? 종국에는 무림 전체를, 아니, 조정마저 상대하게 될 걸세. 융통성을 발휘하게, 이 벽창호 같은 친구야. 서가 놈이 비록 부당한 모욕을 당하기는 했으나 목숨이 간당

간당한 것도 아니잖나."

"모두가 포기하라고만 하는군요."

소량은 신도문주 곽채선과 싸우기 직전의 상황을 떠올렸다. 어느 노인이 자신의 소매를 잡으며 말리던 그때를.

"저는 그저 옳다고 믿는 바를 행하려 했을 뿐인데."

일검자가 눈을 질끈 감더니 씁쓸한 어조로 되뇌었다.

"때로는 대의(大義)를 위해서는 소의(少義)를 버려야 하는 법일세. 모용세가는 천하대란에 큰 도움이 될 터, 하찮은 원한으로 일을 망칠 수야 없지 않은가."

소량의 가슴 깊숙한 곳에 숨어 있던 분노가 마침내 꿈틀대기 시작했다. 허탈함과 비웃음으로 점철되어 있던 소량의 눈빛에 섬뜩한 안광이 깃들었다.

"무엇이 하찮습니까!"

콰콰콰콰—!

소량이 고함을 지름과 동시에 주변의 모든 것이 흔들렸다. 소량 주변의 모든 것들이 그를 중심으로 원을 그리며 물러났고, 그가 디딘 땅이 거미줄처럼 쩌저적 갈라지기 시작했다.

"크윽!"

장내의 무인들이 신음을 토해냈다. 갑자기 귓가가 먹먹해지고 공기가 사라진 듯 숨을 쉬기가 어려웠다.

무학이 약한 이들은 고막이 찢어져 귓가에서 피를 흘렸고,

무리하게 대항하려던 이들은 내상을 입어 코피를 흘렸다.

"죽음을 각오하고 어린 생명을 구하고자 했던 이의 무엇이 하찮습니까! 부당한 모욕을 당한 끝에 목숨마저 도외시하고 명예를 되찾으려는 대장부의 진심이 어디가 하찮습니까!"

소량의 주변으로 용권풍과도 같은 바람이 일어났고, 창천검전의 외벽이 쩌저적 소리와 함께 갈라졌다. 진무극와 검선이 아니었다면 무너져 버리고 말았을지도 모를 일이다.

"한마디 진심 어린 사과면 족할 일에 살인마저 불사하는 이들이 있는데, 그들을 지켜만 보고 있는 사람들이 있는데! 삿된 권력을 움켜쥐고서 감히 대항하지 말고 그냥 외면하라 말하는 자가 있는데 어째서 하찮다 하십니까!"

소량의 분노에 태허일기공이 호응했다. 태허일기공은 마지막 한 줌의 기운까지 털어 그 주인의 마음에 보답했다.

무림맹의 모든 것이 숨을 죽였다.

"……."

일검자가 눈을 질끈 감았다.

소량의 말에는 틀린 점이 하나도 없었다.

모용세가가 욕심을 버리고 진심 어린 사과 한마디만 했었더라면 일이 이렇게까지 되지는 않았을 터였다.

천애검협은 마땅한 것을 요구했을 뿐이고, 또한 압력에 굴하지 않았을 뿐이다. 그것이 세상을 피곤하게 사는 것이라면 피곤하지 않게 사는 것은 도대체 무엇이란 말인가?

시키는 대로 납죽 엎드리는 것?

'나도 늙은 게지.'

삿된 길로 가는 대신 큰 이득을 얻을 수 있다면, 모두가 그 길로 가라고 말한다. 손해를 보면서 옳은 길로 가는 이를 보면 비웃으며 멍청하다 욕한다.

'그런 세상 속에서 너무 오래 살았구나.'

일검자는 눈을 질끈 감으며 떨리는 목소리로 말했다.

"그들의 목숨만이 아니라… 명예까지 지켜주려 하는가?"

소량은 대답 대신 모용구에게로 걸음을 옮겼다. 너울너울 춤추는 기세 속에서 모용구가 몸을 부르르 떨었다.

"잠깐……!"

모용구의 귓가로 피가 한줄기 주르륵 흘러내렸다. 그간 기파(氣波)로만 사람을 죽일 수 있다는 말을 믿어본 적이 없었는데 이제는 믿지 않을 도리가 없다.

"이, 일검 진인!"

모용구가 떨리는 얼굴로 일검자를 돌아보았지만 일검자는 그를 도와주는 대신 시선을 외면할 뿐이었다.

모용구는 눈을 질끈 감았다.

'다, 단천을 말렸어야 했어.'

어찌하여 말리지 않았던가?

천애검협을 우습게 보았기 때문이다. 그를 꺾으면 명예가 쫓아올 것이라고 생각했기 때문이었다.
'이제 어찌해야 하는가!'
모용구는 이를 악물며 부러진 검을 단단히 쥐었다.
하지만 그의 절기인 유수십이검을 펼치기도 전에, 소량의 기세에 짓눌려 무릎을 꿇고 만다.
모용구가 두려움에 질린 얼굴로 고함을 질렀다.
"패, 패도(霸道)로다! 패도야!"
패도란 인의(仁義)를 가볍게 여기고 무력이나 권모술수로써 지배하는 것을 말한다. 강자로서 행세하겠다며 무공을 폐하는 소량의 현재 모습은 확실히 패도에 가까웠다.
하지만 생각해 보면 먼저 패도를 취한 쪽은 오히려 모용세가가 아닌가! 그들이야말로 인의를 가볍게 여기고 권력으로써 사람을 핍박하지 않았던가!
소량이 손을 뻗어 모용구의 목을 움켜쥐었다.
"허, 헉!"
모용구를 들어 올린 소량이 그의 눈을 주시했다.
"그대들이 끝까지 사사로운 권력으로 사람 위에 서고자 한다면, 나 역시 패도로써 군림(君臨)하리라!"
소량의 일장이 그의 단전을 파고들었다.
텅!

모용구의 신형이 오 장 밖으로 튕겨났다.

흙먼지와 함께 바닥을 파고든 모용구가 신음조차도 없이 몸을 뒤틀다가 힘겹게, 힘겹게 자리에서 일어났다.

천애검협이 모용단천에게로 걸어가는 것이 보였다.

"잠깐만, 잠깐만 기다려!"

모용구가 소량의 등에 대고 말했다.

소량을 마주한 모용단천은 뒤로 기어가지도 못한 채 몸을 떨었다. 그의 귀와 코에는 피가 한 줄기씩 흐르고 있었다.

그 역시 소량의 기세에 내상을 입었던 것이다.

"나, 나는 모용세가의 후계자요. 이럴 수는 없……."

소량의 눈빛이 한층 더 차가워졌다. 모용단천은 끝까지 자신의 한계를 벗어나지 못하는 것이다. 소량은 단호하게 모용단천의 목을 움켜쥐고는 그를 들어 올렸다.

"쿨럭, 쿨럭! 안 돼! 천애검협!"

도대체 어디서 그런 기력이 나온 것일까?

모용구가 벌떡 자리에서 일어나며 고함을 질렀다.

사사로이는 그의 장조카이자 어린 시절부터 무학을 가르쳐 온 제자인 모용단천이다. 그는 그 자체로 자신의 권력을 뒷받침해 줄 모용세가의 미래였다.

"천애검협! 제발 그만!"

모용구가 그렇게 외칠 때였다.

모용구는 문득 현기증을 느꼈다. 치밀어 올랐던 화기(火氣)가 눈 깜짝할 사이에 사라져 버리더니, 귀에서 이명이 들렸다. 마치 시간이 정지한 것처럼 천애검협의 행동 하나하나가 너무나 느리게 보인다.

'도대체 무슨 일이 벌어진 거지?'

아무리 머리를 굴려도 지금의 상황이 이해되지 않았다. 모용세가의 대장로가 되기 위해 걸어왔던 날들도, 천애검협과 나누었던 문답도, 일검자에 대한 원망도 기억이 나질 않았다.

복수하겠다는 생각이 떠올랐다가 순식간에 사라진다. 그토록 중하게 여기던 모용세가의 명예도 마찬가지였다. 스스로도 이해할 수 없는 기이한 허탈감만 남아 있을 뿐이다.

허탈감 속에서 한 가지 깨달음이 찾아왔다.

'아니, 간단한 것이로구나.'

끔찍한 고통 속에서도 몇 걸음 걸어가던 모용구가 무릎을 털썩 꿇었다. 방금 전까지 목숨이 아니라 미래가 걸린 싸움을 했다. 모용단천이 바로 그 미래였다.

'우리는 이미 패했었던 거야.'

그 순간, 소량이 모용구에게 시선을 돌리고는 무어라고 입술을 달싹였다. 모용구는 소량이 무어라 말하는지 도통 모르겠다고 생각했다.

일순간에 너무나도 많은 심력을 소모해 버린 탓에 그의 얼굴은 단번에 수십 년의 세월을 겪은 것처럼 늙어 있었다.

 소량이 모용단천의 단전을 폐하기 직전이었다.

 "…사죄하겠소."

 모용구가 멍하니 중얼거렸다. 수십 년은 늙은 얼굴이었지만 기이하게도 그의 음성은 평온했다.

 소량이 행동을 멈추고 모용구를 흘끗 돌아보았다.

 "사죄하겠단 말이오."

 "대, 대장로!"

 멀찍이 쓰러져 있던 오 장로가 다급히 외쳤다.

 "폐가의 후계자가 생각없이 벌인 일로 심려를 끼쳤음을 대신 사과하리다. 부디 서 대협께서는 용서해 주시길 바라오."

 그러나 오 장로가 뭐라 하기도 전에, 모용구가 말을 맺어버리고 말았다. 소량에게 잡힌 채 몸을 부르르 떨어대던 모용단천이 억눌린 어조로나마 뒤를 이었다. 이대로 가다가는 정말로 무학을 잃어버릴까 두려웠던 것이다.

 "저, 저 역시 사죄하겠소. 함부로 서영권 대협을 조롱하고 비웃은 죄, 훗날이라도 갚으리다……."

 소량의 시선이 이번엔 서영권에게로 향했다.

 무림맹주 진무극이 내공을 펼쳐 주변을 보호하고 있었기에 서영권은 제자리에 서 있을 수 있었다.

 "……."

서영권이 감개무량한 얼굴로 눈을 감았다.

강호에 내세울 이름조차 없던 자신이, 죽음으로써 명예를 회복하려 했던 자신이 목숨과 명예를 동시에 구했다.

비록 자신의 손으로 한 일은 아니었으나 이상하게도 조금도 부끄럽지가 않았다.

서영권이 가타부타 말없이, 조용히 머리를 숙였다.

사과를 받아들이겠다는 뜻이었다.

바로 그 순간 장내를 뒤덮고 있던 기세가 사라졌다.

마치 아무 일도 없었던 것처럼.

"허억!"

"크헉, 헉!"

무공이 약해 숨조차 제대로 쉬지 못하고 있던 무인들이 뒤늦게 숨을 토해냈다. 장내의 무인들은 마치 태풍이 지나간 듯한 기분을 느끼며 소량을 멍하니 바라보았다.

곧 섬뜩하리만치 무서운 정적이 깔렸다.

"천애검협, 자네는……."

소림사의 각원 대사가 질린 표정으로 소량을 부를 때였다. 모용단천을 내팽개치듯 놓아준 소량이 검을 패검하고 단정히 옷매무새를 가다듬었다.

각원 대사는 할 말을 잃은 듯 입을 꾹 다물었다.

조금 전까지만 해도 삼천존을 떠올리게 하던 절대고수는

사라졌다. 지금의 천애검협은 무창의 목공임을 자처하던 이전처럼 무학이라고는 없는 젊은 청년으로만 보였다.

그 괴리감 때문에 입을 열 수가 없다.

"어찌 우리 모용세가가… 크흑, 흑!"

오 장로가 그 자리에서 무너져 흐느꼈지만, 소량은 그는 돌아보지도 않고 연회장의 상석에 대고 머리를 숙였다.

이는 무림맹의 수뇌부 전체에 대고 하는 사죄인 동시에, 맹주인 백부에 대한 사죄였다. 백부의 체면을 무시하고 함부로 행세한 것에 대한 사죄를 올리는 것이다.

[되었다, 나중에 이야기하자꾸나.]

진무극이 엄한 어조로 전음성을 보내었다.

"무림맹의 여러분께 지금까지의 무례를 사죄드립니다."

소량이 이번엔 무림맹의 무인들을 향해 머리를 숙였다.

그의 등 뒤로 주홍빛 노을이 하늘을 물들였다.

第三章
협로(俠路)이자 협로(狹路)

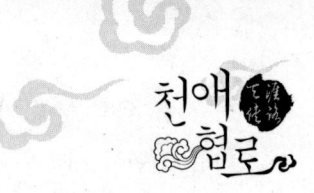

1

 난세(亂世)는 영웅(英雄)을 낳는다던가!
 사신당의 출맹(出盟)을 앞두고 벌어진 사열식은 천애검협이라는 신성(新星)의 등장으로 끝이 났다.
 그동안 천애검협의 무위를 의심했던 이들은 모조리 입을 다물었고, 과거 천애검협을 먼발치에서나마 본 적이 있었던 이들은 자신의 안목이 틀리지 않았음을 기뻐했다.
 벌써부터 소량을 새로운 별호로 부르는 이도 있었다.
 진천검협(鎭天劍俠) 진소량!
 구파일방이나 오대세가와 같은 무림의 하늘일지라도 사사

로이 사람 위에 서려 한다면, 그 위에 서서 패도로써 군림하겠다는 선언이 새로운 별호를 낳은 셈이었다.

무림맹의 무인들은 '천애검협이야말로 천하제일인이다', '천애검협은 알고 보면 반로환동한 고수라더라' 라는 소문을 쉬쉬하며 떠들어댔다.

반대로 소량을 불편하게 여기는 자들도 많았다. 그들은 '젊은 나이에 높은 경지에 오른 것은 알겠지만, 지나치게 오만하다'며 소량을 비판했다. 물론 소량의 말에 공감하여 '그동안 잘못 살았다'고 한탄하는 자들이 더 많았지만 말이다.

사열식과 연회가 끝난 지 두 시진이 지났을 무렵이었다.

소량은 무림맹의 천룡각 앞에 서 있었다. 사람을 보낼 터이니 창룡검전의 후원으로 와 달라는 서신을 받은 까닭이었다.

그렇게 잠시 서 있는데, 시비 몇 명이 소량의 얼굴을 보고는 사색이 되어 고개를 꾸벅 숙인다.

"시, 신협(神俠) 진 대인(大人)을 뵙습니다."

소량이 마주 고개를 숙이자 시비들이 얼른 도망을 쳤다.

본래 삼천존과 같은 고수는 오만하게 좌중을 오시하고 구름 속의 신룡처럼 사라질 뿐이라 가까이하기 쉽지 않은 법.

그와 같은 절대고수를 처음 본 시비들은 소량을 숫제 괴물

취급하고 있었다.

"하아—"

소량이 어두운 얼굴로 한숨을 내쉬었다.

혹시라도 이럴까 봐 일부러 사람이 없는 곳을 골라 서 있었는데, 결국 원치 않던 모습을 보고야 말았다. 무창의 목공 진소량이 사라져 버릴 것만 같아 불현듯 겁이 났다.

문득 지독하게 가족들이 그리워졌다.

'이제는 완전히 무림인이 되어버렸습니다, 할머니.'

사라진 할머니를 찾아 강호로 나온 것일 뿐, 무림에 뜻을 둔 것은 아니었다. 무림인과 함부로 교분을 나누지 않은 것도 바로 그러한 이유에서였다.

하지만 할머니의 행방을 찾아 백부님을 만나러 온 무림맹에서, 소량은 무림의 중심에 서고 말았다. 천애검협이니 진천검협이니 하는 칭송들은 하나도 반갑지 않은데 말이다.

'무림에 들 생각 따위는 없었는데 말입니다.'

무림은 곧 강자존!

죽어도 무릎 꿇지 않겠다는 자와 죽어도 무릎 꿇리고 말겠다는 자가 만났으니 오로지 검으로써 승패가 갈릴 일이었다.

무림인이라면 응당 택했을 길을 선택했건만, 속이 시원하다기보다 손속이 과했던 것이 아닐까 하는 생각이 든다.

어쩌면, 노기(怒氣)에 너무 취한 탓일지도 모른다. 상대가 꺾이지 않을 것을 안 순간 소량의 마음도 강퍅해져 간 것이다.

'하지만 후회를 하지는 않습니다.'

만약 모용세가가 뜻을 꺾지 않았다면 자신이 뜻을 꺾어야 했다. 마음을 굳건히 하지 못하고 흔들렸던 과거라면 모르겠으나, 지금은 그럴 생각이 조금도 없었다.

과거로 돌아간다 해도 똑같이 행했으리라.

소량이 그렇게 생각할 즈음이었다. 서쪽에 그림자 하나가 비추더니, 빠르지도 느리지도 않게 소량에게로 다가왔다.

그림자의 주인공은 다름 아닌 서영권이었다.

"서영권 대협!"

소량이 반가운 얼굴로 고개를 숙였다.

서영권 역시 정중하게 장읍을 해 보였다.

"서 모가 맹주님의 명을 받잡아 진 대인을 뵙습니다. 맹주께서 후원에서 기다리고 계십니다. 이쪽으로 가시지요."

감사 인사 몇 마디를 읊조릴 법도 하건만, 서영권은 별다른 말없이 염소수염을 쓰다듬으며 길을 안내했다.

소량도 조용히 그 뒤를 쫓았다. 본래부터 보답을 바라고 한 일이 아니었을 뿐더러, 새로운 상념이 떠올랐기 때문이었다.

이번엔 모용세가의 대장로, 모용구에 대한 상념이었다.
'그 역시 협로(俠路)를 걷고자 했을 테지.'
모용구의 말에 일리가 없는 것은 아니었다.
만약 그간의 강호행에서 느낀 것이 없었다면 소량도 그의 말에 수긍을 했을지도 모른다.
그러나 백성들을 돕기 위해 권력을 얻으려던 모용구는, 오히려 권력에게 집어 삼켜져 괴물이 되어버리고 말았다.
사람들을 사랑하려 끝없이 손을 내밀다 지쳐 버린 도천존처럼 그 역시 실패하고 만 것이다.
이상을 꿈꾸지도 말고 현실에 좌절하지도 말라던, 다만 그저 사랑하라던 반선의 말이 갑자기 지독하게 멀게 느껴졌다.
협로는 또한 지독하게 좁은 협로(狹路)였다.
"하아—"
마음이 무거워진 소량이 길게 한숨을 토해내었다.
한편, 서영권은 연신 그런 소량을 흘끔거리고 있었다. 무슨 말을 꺼내려는 것인지 공연히 입술만 달싹이던 서영권이 후원 지근에 이르러서야 결심을 내린 듯 입을 열었다.
"진 대인께 한 말씀 올려도 되겠습니까?"
"예?"
소량이 의아한 얼굴로 서영권을 바라보았다.
"진 대인, 아니, 은공께 감사하는 마음이야 무엇으로 잴 수 있겠습니까만, 사실 그것은 은공께서 끼어들 일이 아니었습니다. 제 일이었단 말입니다."

소량의 표정이 난감해졌다. 무인의 자존심이 어떠한지는 익히 들어 알고 있었다. 그를 돕고자 나선 것이 어쩌면 그의 자존심을 부수는 일이었을 수도 있었다.

"서영권 대협……."

"은공께서 진짜 협객이라는 말은 들었지만… 킁!"

서영권이 말을 하다 말고 콧물을 훌쩍였다. 담담한 척 화를 내려 했는데, 눈물이 쏟아질 것 같아서 견딜 수가 없다. 오늘 자신이 받은 은혜는 결코 작은 것이 아닌 것이다.

그럼에도 불구하고 화를 내려는 이유는 다른 데에 있었다. 결국 눈물을 참지 못한 서영권이 격앙된 목소리로 외쳤다.

"만약 제 일로 인해 은공께서 상해를 입으신다면 제가 어찌 고개를 들고 다닐 수 있겠습니까? 천하 만민을 위해 큰일을 하셔야 할 은공께서 고작 저 같은 놈 때문에 다친다면 제가 어찌 고개를 들고 백성들을 볼 수 있단 말입니까?"

"저는 그저… 외면할 수가 없었습니다."

소량이 씁쓸하게 웃음을 지었다.

서영권이 답답하다는 듯 제 가슴을 탕탕 쳤다.

"외면하셔야 합니다! 만약 제게 같은 일이 생기거들랑 그냥 절 죽게 두시란 말입니다! 크흑, 제 목숨을 구하는 대가로 은공께서 낭패를 당하셔야 한다면 차라리 그냥 죽고 말겠습니다! 아시겠습니까? 그럴 때에는 저를 죽게 두시는 것이 진정으로 저를 위하는… 에이, 콧물이."

눈물이 맺힌 얼굴로 버럭버럭 외치던 서영권이 소매로 콧물을 닦으며 소량의 시선을 피했다. 그런 서영권의 마음을 익히 짐작한 소량이 물끄러미 그를 바라보았다.

"저는 서영권 대협을 의형처럼 여기고 있었습니다."

"의, 의형이라니요."

서영권이 벼락이라도 맞은 것처럼 몸을 떨었다.

"서영권 대협은 아니었습니까?"

소량이 따스하게 웃으며 그런 서영권을 바라보았다.

서영권은 이제 아예 꺽꺽대고 있었다.

"으허흑! 제가 어찌 감히 은공의 의형을 자처하겠습니까! 그저, 그저 그 마음만으로도 저는……!"

소량은 푸근하게 웃으며 눈을 지그시 감았다.

무림의 가치는 무공에 있을지 모르겠으나, 사람의 가치는 결코 무공에 있지 않다.

그간 그가 봐오고 느낀 서영권은 충분히 큰 사람이었다.

"은공, 흐윽, 제가 추태를 보였습니다."

그렇게 얼마나 지났을까.

소매로 콧물을 닦아내던 서영권이 머리를 숙였다. 콧물이 끈적하게 붙는 것을 보자 당황스러움이 배가 된다.

　소량은 웃음을 참으며 고개를 돌렸다.

　"벌써 후원이로군요."

　창룡검전의 후원은 공식적으로 금지(禁地)다. 여기서부터는 서영권은 들어갈 수 없었다. 소량은 안타깝다는 듯 머뭇거리는 서영권을 바라보며 다시금 묵례했다.

　서영권이 마주 고개를 숙이며 말했다.

　"들어가시기 전에 전하라던 말씀이 있었습니다, 은공. 무슨 일인지는 모르지만, 군사께서 후원의 기진(寄陣)을 발동하셨다 합니다. 생문(生門)을 찾는 법은 알고 들어가셔야지요."

　"진법?"

　소량이 미간을 찌푸리며 뒤를 돌아보았다. 예전에 후원에 들어섰을 때도 소로(小路)가 너무 길게 이어져 있다고 생각했던 소량이었다. 알고 보니 거기에 진법이 깔려 있었나 보다.

　"무엇입니까?"

　서영권은 자세를 바로 하고는 헛기침을 큼큼 내뱉었다.

　"들은 대로 전하리다. 팔괘(八卦)를 좇아 일건(一乾)으로 삼보(三步), 칠간(七艮)으로 칠 보를 걸은 연후에······."

　"칠태(七兌)가 아니라 칠간? 선천팔괘(先天八卦)로군요."

할머니는 무학뿐만이 아니라 학문까지 가르쳤다. 태승처럼 깊이가 깊지는 못하지만 소량도 사서삼경(四書三經)은 떼었으니, 주역의 구분은 어느 정도 할 줄 안다.

"선천팔괘라니요?"

서영권이 의아하게 묻자 소량이 고개를 저었다.

"아무것도 아닙니다. 다시 일러주시겠습니까?"

서영권이 고개를 끄덕이며 중얼중얼 무어라고 읊조렸다.

들으면 들을수록 소량의 머리가 복잡해져 갔다.

방위도 보통의 상식과는 다르고 구성도 다르거니와, 심지어 처음 들어보는 글자까지 있는 듯했다.

'구궁팔괘(九宮八卦)가 아닌 데다가 천원사원지술(天元四元之術)도 포함된 듯한데……'

잡술에 밝지 않아 진법의 이치에 대해서는 일자무식인 소량이었다. 소량은 미간을 찌푸리며 무어라 웅얼거리다가 이내 고개를 절레절레 저었다. 산술과 진법에 밝은 승조라면 모르되 자신의 머리로는 풀 수 없는 문제였다.

그때, 소량의 귓가에 전음성이 들려왔다.

[자네 말대로 선천팔괘, 복희팔괘(伏羲八卦)일세. 산술은 물론 역수(曆數)도 알아야 풀 수 있고.]

"아아!"

"왜 그러십니까, 대협?"

협로(俠路)이자 협로(狹路) 65

서영권이 탄성을 지르는 소량을 이상하게 바라보았다.
소량의 귓가에 다시금 전음성이 들려왔다.
[서가에게는 알리지 말고 들어오시게. 먼저 북으로 네 걸음 떼게나. 연후에 길을 알려줌세.]
소량은 고개를 끄덕이고는 서영권을 향해 몸을 돌렸다.
"이만 들어가 봐야겠습니다."
"예? 하지만 여기는 기진이 깔려 있는데……."
"길을 알려주겠다는 사람이 있습니다."
말을 마친 소량이 정중하게 읍해 보였다.
서영권은 잠시 어쩔 줄 몰라 하다가, 이내 무릎을 털썩 꿇고 아예 일배(一拜)를 올렸다.
"이, 이러지 마십시오. 서영권 대협."
"이 은혜 무엇으로 갚으리이까, 은공."
서영권을 일으키려 하던 소량이 멈칫했다.
"보답을 바라고 한 일이 아닙니다."
"하찮은 노구에 명예랄 것까지야 있겠습니까만 은공 덕택에 허명이나마 보존할 수 있었습니다. 보답을 바라신다 해도 드릴 것이 없으니 제 목숨 하나를 드리리다."
이번에는 소량도 '보답을 바라고 한 일이 아니다'라고 말할 수 없었다. 그는 무인으로서 말하고 있으니, 그것을 받지 않겠다고 말하면 그의 목숨 자체를 가벼이 여기는 게 된다.

"제게는 너무 과한 보답입니다."

"하오나 은공……!"

"대신 좋은 술로 하지요."

소량이 가볍게 묵례를 해 보이고는 몸을 돌려 후원으로 사라졌다. 뒤에서 서영권이 놀란 얼굴로 바라보자 소량이 따스하게 웃으며 손을 흔들었다.

황망해하던 서영권도 웃음을 터뜨렸다.

"하하하! 목숨에 더해 미주(美酒)도 준비해 놓겠습니다!"

후원에 들어선 소량의 뒤로 서영권의 목소리가 울려 퍼졌다. 자신이 빠져나온 자리를 바라보던 소량이 미소로서 온정을 챙기곤 시선을 돌렸다.

본래는 커다란 자두나무가 방벽을 이루듯 서 있어야 하는데, 자두나무는커녕 잡목도 보이지 않는다.

'안개가 너무 짙어.'

아무래도 자연스럽게 생긴 안개가 아닌 듯했다.

소량이 손끝을 뻗어 안개를 어루만질 때였다.

[천애검협께서는 진법을 아시는가?]

낯선 전음성이 소량의 귓가를 간질였다.

"알지 못합니다."

[상(商), 실(實), 법(法), 차(借)의 사행(四行)으로 풀 수 있을

터인데. 정녕 짐작 못하시겠는가?」

"죄송하오나 산술에 밝지 않습니다."

소량의 표정이 난감하게 변해갔다. 길을 알려준다더니 애먼 질문만 자꾸 던질 뿐이다.

게다가 전음성마저 오래 이어지지 않고 끊어지고 만다.

"저는 진법이나 산술, 역학에 대하여는 무지하니 고인께서는 길을 알려주십시오."

소량이 허공에 대고 외쳤지만, 답변은 없었다.

'어디로 가야 할지 짐작조차 할 수가 없구나.'

본래 무림맹의 후원에 깔린 진법은 환환미로진(幻幻迷路陣)으로, 자연스럽게 흐르던 기운을 꺾고 비틀어 환상을 보여주는 진법이다. 사문으로 걸어가면 흉흉한 기관이 발동하니 무학이 높은 자라도 쉬이 통과할 수 없는 진법이기도 했다.

'물론 부술 수는 있겠지만……'

소량이 눈을 지그시 감고 생각했다.

모용세가의 장로들과 일전을 벌일 때에는 스스로도 믿지 못할 만큼 놀라운 내력이 발출되었었다. 지금도 마찬가지 방법을 사용한다면 능히 진법을 부술 수 있을 것이다.

하지만 백부께서 계시거니와, 전음성을 보낸 이의 음성에 악의가 없는 듯하니 어찌 함부로 힘을 발출할 수 있겠는가?

결국 소량은 그 자리에 서서 기다릴 수밖에 없었다.

그렇게 얼마나 지났을까.
[패도를 걷겠다더니, 진법 하나를 당해내지 못하느냐?]
 이번의 전음성은 소량도 익히 아는 것이었다.
"백부님?"
[후천팔괘에 따라 움직여라. 오감(五坎)으로 서른 보.]
 소량은 무림맹주 진무극의 음성을 쫓아 서른 보를 옮겼다. 그가 일러주는 대로 수십, 수백 보를 빙글빙글 회전하다 보니 그리 오래 지나지 않아 자두나무가 보였다.
 자두나무를 지나가자, 할머니가 꾸미셨다는 밭이 보였다. 비록 작물은 다 말라붙어 있었지만, 구획을 맞추어 구성된 밭과 중앙에 자리한 아름드리나무를 보자 절로 웃음이 나왔다. 할머니는 여름이 되면 꼭 저런 나무 아래로 데려가 서과 따위를 먹이곤 했다.
 아름드리나무 아래에는 무림맹주 진무극이 의자도 없이 앉아 있었다. 그 옆에는 근엄하게 생긴 중년인이 시립하듯 서 있었는데, 그의 입가엔 은은하게 미소가 어려 있었다.
"조카 진소량이 백부를 뵙습니다. 그리고 이분은……."
 도대체 무엇을 생각하는지, 무심한 눈으로 허공만 바라보던 진무극이 소량을 흘끔 돌아보았다.
"본 맹의 군사 되는 사람이다. 제갈세가의 가주로, 이름은 균(郡)이라 하지."

"진가 사람 소량이 군사를 뵙습니다."
"반갑구먼."
제갈군이 웃으며 묵례를 해 보였다. 이유는 모르겠지만, 소량을 보는 눈에 호기심과 호의가 한데 뒤섞여 있었다.
소량은 어색한 얼굴로 제갈군을 바라보다가 진무극 쪽으로 시선을 돌렸다. 소량에게는 관심이 없는지 진무극의 시선은 다시 허공으로 돌아가 있었다.
소량은 어두운 얼굴로 고개를 푹 숙였다.
"함부로 나서서 백부의 체면을 손상케 하였으니 그저 죄송할 따름입니다."
"죄송하다… 진심으로 그리 생각하느냐?"
진무극이 소량은 바라보지도 않은 채 말하였다.
"궁금하구나. 내가 말렸다면, 너는 내 말을 들었을까?"
대답할 말이 궁색해진 소량이었다.
백부께는 죄송한 일이지만 다시 그때로 돌아간다면 틀림없이 똑같이 행동하고 말 터였다.
"하하하!"
그때, 진무극이 크게 웃음을 터뜨렸다.
연회장에서 소량이 벌인 행사를 보고 적잖게 걱정을 해왔던 그였다. 소량이 진실로 스스로의 무공만 믿고 패도를 걷는다면 어찌 가만히 두고 볼 수 있겠는가!

사람은 결코 완벽하지 않으니, 옳고 그름을 함부로 재단한다면 언젠가 강호에 크나큰 해악이 되리라.

  하여 그의 인내심을 시험해 보았다. 진법에 끌어들인 후 그가 어찌 행동할지를 본 것이다. 만약 소량이 진법을 부수고 들어왔다면 진무극은 크게 실망을 했을 터였다.

  "패도로써 군림하겠다고 선언하지 않았더냐? 그런 사람이 이 백부의 말을 그대로 들어주면 그게 더 이상한 일이겠지."

  "아니, 아닙니다. 제가 군림해야 할 곳은 따로 있습니다."

  진무극이 한탄하듯 말하자 소량이 당황한 얼굴로 답변했다. 진무극은 슬며시 미간을 찌푸렸다. '군림해야 할 곳이 따로 있다'니 이게 도대체 무슨 뜻이란 말인가?

  "누구 위에 군림하려 하느냐?"

  "사람 위로 오르려는 자 위에 군림하고 사람과 벗 삼는 자와 벗 삼으려 합니다."

  소량의 현답(賢答)에 진무극이 크게 감탄을 토해냈다.

  '어머니께서 어찌 가르치셨기에……'

  언뜻 보면 평범하게 보이는 소량이었다.

  가볍게 보이지도 않고 지나치게 진중하지도 않은, 그저 담담한 기세를 품고 있으니 더더욱 그렇게 보인다.

  하지만 그 안에 품은 뜻이 제법 갸륵하다.

진무극은 조용히 옆에 선 제갈군을 바라보았다.
"안심해도 되겠는가?"
"예, 안심해도 될 듯합니다."
진무극과 제갈군의 대화에 소량이 의아한 얼굴로 고개를 들었다. 소량과 눈이 마주치자 제갈군이 미소를 지었다.
"패도는 무인이 마땅히 취해야 할 것이기도 하다네. 무릇 대장부가 뜻을 세웠으면 물러섬이 없어야 하는 법인데 하물며 무인임에야. 하나 가끔 삿된 뜻을 세운 자가 패도를 걷고자 하는 경우가 있네. 뜻이 옳다 해도 방법이 틀리는 경우도 있고 말일세. 나는 자네도 그러한 길을 갈까 걱정을 했었다네."
소량이 심각한 얼굴로 고개를 끄덕였다. 문득 모용세가의 대장로, 모용구가 떠오른 것이다. 협객이 되고자 했던 것은 그 역시 마찬가지였으나 방법에서 차이가 났다.
제갈군이 흡족한 얼굴로 말을 이어 나갔다.
"자네만 괜찮다면 내 조언 하나 함세."
"무엇입니까?"
"검을 뽑기 전에 세 번 생각하고, 뽑았으면 반드시 행하게."
제갈군은 강호에 내려오는 것 중 가장 오래된 격언을 말하고 있었다. 군자의 검은 무거워서 쉬이 모습을 드러내지 않으나, 한번 발출하면 천지가 진동한다는 격언 말이다.

검을 뽑기 전에 세 번 생각하라는 말은 아무 때나 검을 뽑아 방종하게 굴어서는 안 된다는 뜻이다.

사소한 일에도 사람을 죽일 수 있는 것이 무인이니, 정도문파에서는 반드시 인내력을 먼저 가르친다.

또한 정도 문파는 단호함 역시 가르친다. 행해야 할 때 행하지 못하면 어찌 그를 대장부라 일컬을 수 있겠는가.

소량이 감사의 의미로 장읍했다.

"금과옥조로 삼겠습니다."

제갈군은 소량의 눈을 보고는 내심 감탄을 터뜨렸다. 대뜸 대답하지 않고 한참을 생각하다 대답한 것을 보면 말의 무게를 아는 사람이다. 겪으면 겪을수록 호감이 가는 청년이었다.

'그러고 보니 아영(兒永)과 인연이 있다 했지.'

그의 아들인 제갈현중은 천애검협과 제갈영영 사이에 남다른 교분이 있는 것 같다고 전해왔다. 금지옥엽 딸아이가 남자와 친분이 있다는 소리를 들은 제갈군은 남몰래 천애검협에 대한 정보를 수집하는 중이었다.

'좋군, 아주 좋아.'

제갈군이 한껏 웃음을 지을 무렵이었다.

진무극이 따스한 얼굴로 소량을 바라보며 말했다.

"현무당의 출행을 서두르려 한다. 너 역시 이곳이 편치는 않을 터, 나쁠 것은 없겠지. 내일 모레로 계획해 두었다."
"백부님의 배려에 감사드립니다."
이미 무림맹이 가시방석처럼 여겨진 지 오래다. 빨리 떠날 수 있다면 그처럼 고마운 일이 없다. 그리고 다른 무엇보다, 한시라도 빨리 할머니를 찾으러 가고 싶었다.
"가서 준비해 두어라."
진무극이 손사래를 쳐 축객령을 내렸다. 무림맹주쯤 되면 해야 할 일도, 신경 써야 할 일도 많은 법이다. 내심으로는 소량과 더 대화를 나누고 싶지만 지금은 그럴 수가 없다.
"아, 참. 태허일기공을 오단공까지 이루었더구나."
소량이 자두나무 너머로 넘어가기 직전, 진무극이 뒤늦게 생각났다는 얼굴로 중얼거렸다.
'이것이 태허일기공의 오단공이었던가?'
사단공임은 짐작했지만, 오단공에 올랐을 것이라고는 생각지 못했던 소량이었다. 소량은 부지불식간에 주먹을 쥐었다 폈다. 상념에 잠길 때에 하는 소량만의 버릇이었다.
"아까는 천지가 네 것인 양 기운을 풀어 자랑을 하더구나. 어디 다시 한 번 펼쳐 보아라."
"지금 말입니까?"
소량이 당황스러운 표정을 짓자 진무극이 턱짓을 해 보였다. 소량은 진무극과 제갈군을 번갈아 바라보며 머뭇거리다가 한숨을 내쉬고는 태허일기공의 공력을 끌어올렸다.

우우웅—

대기가 울리는 것과 동시에 진무극과 제갈군의 옷자락이 펄럭거렸다. 소량이 펼친 내기는 눈 깜짝할 사이에 진무극의 앞까지 다가갔던 것이다.

"제법이다. 네 나이에 이만한 경지에 오른 무인은 무림의 오랜 역사를 뒤져 봐도 없으리라. 하지만 길에 오른 지는 얼마 되지 않았구나. 기운을 이처럼 줄기줄기 흘려봐야 공연히 힘만 빠지는 법이지. 대항하기 어려운 것도 아니고."

말이 끝나지도 않았는데 진무극의 신형이 흐릿해지더니 이내 사라지고 말았다. 소량이 본능적으로 기감을 펼쳐 주위를 훑어보았지만, 느껴지는 것은 없었다.

'은신(隱身)? 암공(暗功)? 아니, 무언가 달라.'

소량이 주위를 훑어보며 생각했다.

"내력은 정순하지만, 난잡하게 뻗기만 할 뿐 빈틈이 너무 많아. 공세를 취할 때도 마찬가지이리라. 허당습청(虛堂習聽)이라! 빈 집에서 소리를 질렀으니 울려 퍼질 수밖에."

소량이 대경하여 고개를 돌렸다. 사라진 줄 알았는데, 진무극은 원래 앉아 있던 자리에 그대로 앉아 있을 뿐이었다. 그저 자신의 기운에 대항하지 않고 동화(同化)되었을 뿐이다.

"나나 검선, 불학의 무위는 비슷비슷하다."

말을 마친 진무극이 자리에서 일어나 패검한 검을 뽑아 들더니, 한 차례 검을 짧게 휘둘렀다. 그것이 용무의 전부였다는 듯, 진무극은 패검한 다음 느릿하게 자리에 앉았다.
　하지만 소량은 꼼짝도 할 수 없었다.
　'베, 베었다.'
　진무극의 검이 지나가자 소량의 내력이 반으로 잘려 나갔다. 눈에 보이는 사물이라면 모르되, 어찌 형태조차 없는 기운을 벨 수 있단 말인가! 직접 목도하고도 믿을 수가 없었다.
　불학도인, 즉 일검자도 마찬가지 일을 할 수 있었을 것이다. 소량이 입을 피해가 클 것이라 짐작하여 하지 않았을 뿐.
　"불학은 진짜 도사더구나."
　일검자에게는 싸우고자 하는 생각이 없었고, 다만 싸움을 말리려는 생각만 있었다. 사람들이 천애검협보다 못하다고 손가락질을 해도 그는 틀림없이 껄껄 웃고 말았으리라.
　"방금 보여주신 것은 태허일기공의 육단공입니까?"
　다시 내력을 거두어들인 소량이 믿을 수 없다는 듯 진무극을 바라보며 물었다. 진무극은 고개를 절레절레 저었다.
　"오단공에 맞추었다."
　"하면 어찌⋯⋯."
　"말로 설명할 수 있는 것이 아니구나. 내력을 운용치 말고 초식을 펼치다 보면 알게 될 게다. 이만 나가보아라." 진무극이 할 말을 마쳤다는 듯 손을 휘저었다.

소량은 방금 보았던 것을 잊지 않으려는 듯 눈을 지그시 감고 잠시 그대로 서 있었다.

그렇게 얼마가 지났을까.

소량이 '가르침에 감사하다'며 크게 절을 해 보이고 후원을 빠져나갔다. 소량이 나갈 때까지 아무런 말없이 서 있던 제갈군이 믿을 수 없다는 듯한 표정으로 말했다.

"천애검협은 지금 그 일 수를 얻어간 것입니까?"

"단초는 얻어간 셈이지."

제갈군이 크게 감탄을 터뜨렸다. 그는 방금 무림맹주가 펼친 일 수를 아예 알아보지도 못했던 것이다.

"하! 헛살았군. 장강의 뒷물결에 휩쓸릴 지경입니다."

"과유불급(過猶不及)이라, 넘치는 것은 오히려 모자람만 못한데… 저 녀석은 너무 빨라."

성장이 빨라도 너무 빠르다.

지금이야 선배로서 한 수 가르쳐 줄 수 있었지만, 그가 압도적인 우위에 서 있는 것은 아니었다. 오히려 진무극과 소량의 무위는 동수. 태허일기공이 아무리 절정의 심공이라지만 이와 같은 성장은 말도 안 되는 일이었다.

하지만 넘침은 오히려 모자람만 못한 법.

아직 기예가 무르익지 않았는데 어설프게 각(覺)해 버렸으니 어찌 문제가 없겠는가!
천애검협은 균형과 조화를 잃었다.
스스로의 내력조차 제대로 조절하지 못하는 것을 보면 어린아이에게 칼을 쥐어준 것이나 다름이 없다.
이대로라면 천애검협은 오래지 않아 벽을 만나게 되리라. 자신의 무학만큼이나 커서 도저히 넘어서지 못할 벽을.
진무극이 길게 한숨을 토해냈다.
"그보다 알아본 것은 어찌 되었는가?"
진무극이 제갈군에게로 시선을 돌렸다.
무림맹은 구파일방과 오대세가를 주축으로 삼아 완성되었다. 오대세가 중 하나인 모용세가의 입지를 생각하면, 천애검협과 일전을 벌이기 전에 맹주로서 중재를 하는 것이 옳았다.
하나 진무극은 모용세가를 돕지 않았다. 모용세가와 천애검협의 분란을 통해 맹의 썩은 환부를 도려내기 위함이었다.
'아니, 모용세가를 버린 것일지도.'
제갈군이 길게 한숨을 토해냈다. 무림맹에 파고든 세작을 잡아내기 위해선 어쩔 수 없다고 생각했지만, 미끼로 삼기엔 모용세가가 너무 컸던 것일지도 모른다. 자신이 제안하긴 했지만, 일이 이 지경까지 올 줄은 몰랐다.
"세 마리 정도는 잡은 것 같습니다."

제갈군의 보고에 진무극이 짙은 미소를 지었다.

2

소량이 백부인 진무극과 대화를 나누고 있을 무렵이었다.
호광성(湖廣省) 영산(英山)에는 호암장(虎岩莊)이라는 커다란 장원이 자리해 있다.
호암장은 명초(明初)에 한림학사를 지내다가 낙향한 권문종(權文種)이 세운 장원으로, 벌써 반백 년 넘게 권세를 누려온 명문대가였다.
당금 장주인 권혁선(權赫線)도 병부시랑을 지냈고, 소장주인 권효(權曉)도 출사해 현재 예부에서 벼슬을 하고 있으니 세도가가 되지 않으면 그게 더 이상한 일이리라.
자연히 호암장의 영향력은 점점 커져만 갔다. 현령이 달초마다 문안으로 오는 것은 예삿일이요, 근처의 상계에서는 죽으라고 하면 아예 죽는 시늉을 할 정도다.
하지만 지금, 호암장주 권혁선은 식은땀을 뻘뻘 흘리고 있었다. 그것도 약관이나 넘었을까 싶은 애송이 때문에 말이다.
"자네는 도대체 정체가 뭔가?"
"제 정체야 아까 말씀드리지 않았습니까. 진가 사람으로 이름은 승조이며, 신양상단에서 행수 일을 하고 있다고요."

진승조가 귀찮다는 듯 대답했다. 약지가 귓가를 왔다 갔다 하는 것이, 귀가 가려운데 차마 후비지는 못하고 참고 있는 듯했다. 참으로 건방지다 아니 할 수 없는 모습이었다.

"한데 어찌 이처럼 방자하게 구는가?"

권혁선이 매섭게 승조를 쏘아보았다.

생긴 것만 보자면 매끈하니 잘생긴 청년이었다.

눈빛에 요악스러운 데가 있어 꺼려지긴 하지만, 객을 접대한답시고 보여준 유서 깊은 시문(詩文)을 보고 곧바로 시인의 이름을 대던 것을 생각하면 제법 학식도 있는 듯했다.

"상계에서는 신산자요, 무림에서는 금협이라? 헛소리! 이미 운리방(雲理幇)과 거래를 하고 있다고 알렸음에도 되도 않는 협박질을 계속 하는 것을 보니 세상의 소문이 얼마나 허황된 것인지 알 것 같네. 나를 농락하려는 거라면 그만두게."

"상인이 사람을 놀려서 뭐하겠습니까? 저는 그저 운리방 대신 우리 신양상단과 거래해 주십사 청하는 것뿐입니다."

승조가 유들유들하게 대답하며 차를 한 모금 마셨다. 그리고는 '혁살인향(赫煞人香:훗날 벽라춘(碧螺春)이라 불린다)이라더니, 향기가 진짜 죽이네'라고 중얼거린다.

권혁선의 얼굴이 붉으락푸르락해졌다.

"나를 놀리는 것이 아니라면, 어찌 말도 안 되는 소리를 지껄인단 말이냐! 우리 호암장은 결코 협박에 굴하지 않는다!"

권혁선이 벌떡 자리에서 일어나 삿대질을 했다.

 처음 그를 대접할 때까지만 해도 이런 위기는 상상해 본 적이 없었다. 다른 곳도 아닌 신양상단에서 온 행수인 데다가 상계에는 신산자라는 별명으로, 무림에는 금협이라는 별명으로 불린다는 기재(奇才)이니 비록 거래는 받아주지 못하더라도 잘 대접해서 돌려보낼 참이었다.

 '오랜 친구인 운리방과는 거래를 끊을 수 없으니 부디 양해해 주길 바란다'는 말을 들은 금협 진숭조는 갖은 말로 권혁선을 설득했다. 지금보다 이 할이 높은 이권을 보장한다느니, 상질의 비단을 손해보고 넘겨주겠다느니 하는 설득이었다.

 이때까지만 해도 권혁선은 웃는 낯으로 그를 대했다. '호암장이라 이름 지은 이유는 후원에 호랑이 모양의 거석이 있기 때문이니 그거라도 마음껏 구경하고 돌아가라'고 아무에게나 보여주지 않는 호암(虎岩)까지 흔쾌히 보여주었다.

 그랬더니 금협은 별호에 어울리지 않게 협박을 했다.

 "어이쿠, 이거 역모 죄를 뒤집어쓰실 것 같아서 손을 내미려 했더니 아예 걷어차 버리시네."

 이게 무슨 대경실색할 소린가 해서 물어봤더니, 못난 아들

놈이 벼슬자리 몇 개를 팔아넘긴 모양이었다. 서류에 획 몇 개 빼서 예부의 자금도 조금 빼 쓴 것 같았다.

권혁선이 눈을 질끈 감고 외쳤다.

"거듭 말하지만 우리 아들은 그럴 사람이 아니야!"

"물론 아드님은 그럴 분이 아니시지요. 만나는 여자가 그럴 여자지. 그런데 아드님께서 안목은 좀 없으신가 봅니다? 먼발치서 한 번 봤는데 얼굴이 영 아니더라고."

"시끄럽다! 계속 이렇게 나온다면 나도 생각이 있어!"

권혁선은 눈을 부릅뜨며 고함을 쳤다.

금협인지 뭔지 하는 자가 계속 이렇게 협박을 한다면 어찌할 도리가 없다. 그에게도 조정과 이어진 끈이 있으니 어느 끈이 더 긴지 시험을 해볼 수밖에 없는 것이다.

"세게 나오시네. 좋습니다. 이 할의 이문에, 보리와 밀 가격을 삼 할 낮춰 드리고, 덤으로 해마다 상품(上品)의 비단 서른 폭을 드리는 동시에 아드님 구휼까지 제가 해드리고……"

"시끄럽다고 하지 않았던가!"

"…호암장까지 드리지요."

승조가 느긋하게 말하며 등받이에 등을 기댔다.

권혁선이 할 말을 잃은 표정으로 얼굴을 구겼다.

"호암장은 이미 내 것인데 무슨 소리를 하는 건가?"

"호암장? 사실 제 것입니다. 이 장원은 물론이요, 지금 소작 주고 계신 땅도 제가 샀습니다. 백성들에게 빌려주신 돈도 마찬가지. 손해 볼 각오하고 낮은 금리로 돈 좀 풀었지요."

권혁선의 눈이 점점 커졌다.

"그렇다면 문서는……."

"아드님이 파시던데요?"

"내 이 빌어먹을 놈을!"

권혁선의 입에서 나온 고함은, 고함이라기보다는 비명에 가까웠다. 얼마 전, 아들인 권효가 약간의 말미를 얻었다며 웅천부를 떠나 고향을 찾아온 적이 있었는데 그게 다 집과 땅 문서들을 훔쳐가기 위함이었나 보다.

자리에서 일어나 몸을 바들바들 떨던 권혁선이 털썩 의자에 주저앉았다. 반백 년을 이어온 가산을 아들놈이 몽땅 다 탕진해 버린 것이다. 이제 권씨 일가는 끝장이 났다.

"그놈이, 그놈이 그럴 놈이 아닌데……."

승조의 표정이 조금씩 진지하게 변해갔다.

사실 권혁선은 사서에 남을 만한 청백리(淸白吏)였다. 병부시랑으로 있으면서 단 한 번도 비리를 저질러 본 적이 없고, 함부로 남을 탄핵해 본 적도 없다. 너무 지나쳤구나 싶어진 승조가 자리에서 일어나 공손하게 머리를 숙였다.

"무례가 너무 심했습니다, 권 대인."

권혁선이 의아하다는 표정으로 승조를 올려다보았다. 그렇게 승조를 보다 보니 무언가 깨달아지는 것이 있다.

'잠깐. 이미 가산을 모두 빼앗아갔다면 그냥 마음대로 하면 될 일이 아닌가? 왜 굳이 찾아와 이처럼 소란을 떠는 게지?'

게다가 거래 품목으로 빼앗아갔던 것들도 돌려준단다.

'내가 듣지 않아서 그렇지, 무슨 이유가 있었던 게로군.'

권혁선은 승조를 무시해 왔던 자신을 책망했다. 들어보고 판단해도 될 텐데 여러 핑계를 대어 쫓아내려고만 했었다.

승조가 거듭 묵례를 해 보이고는 말을 이어 나갔다.

"상계에 머물고 있지만 눈과 귀가 없는 것은 아닙니다. 대인을 칭송하는 소리가 천하에 자자한데 어찌 이런 짓을 하고 싶겠습니까. 대인께서 귀를 기울이지 않을 것이라 여겨 일부러 무례를 저지른 것이니 후에 크게 벌을 내려주십시오."

권혁선의 표정이 점점 심각하게 변해갔다.

"좋아, 좀 더 진지하게 들어보지. 아직 자네를 믿는 것은 아니지만 적어도 전처럼 무시하진 않겠네. 이제 말해주게. 지금보다 더 나쁜 소식이 있는가?"

"아니, 지금부터는 좋은 소식들만 남았습니다."

"무엇인가?"

"아드님께서는 절대 탐관오리가 아닙니다. 무림의 재주 중에는 미혼술(迷魂術)이라는 것이 있는데, 아드님께서 혼인코 자 하는 여인이 그 재주에 능숙하더군요. 아드님께서 끝까지 청심(淸心)을 유지하셨기에 그 여인은 미혼술뿐만이 아니라 춘약(春藥)까지 소용했다 합니다."

"…계약하겠네."

본래 권혁선은 몹시 신의있는 사람으로, 오랜 친구인 운리 방과의 교분을 이처럼 쉽게 끊어버릴 자가 아니었다. 호광성 전체를 장악하다시피 한 승조가 이처럼 고전을 한 것은 그가 재물보다 신의를 택할 줄 아는 의인이었기 때문이었다.

그러나 그런 권혁선도 천륜만은 끊지 못했다.

"그러니 아들에게 색계(色計)를 쓴 이가 누군지 알려주게."

권혁선의 눈빛이 이글이글 타올랐다.

승조가 담담한 얼굴로 고개를 숙였다.

"죄송합니다. 알아내지 못했습니다."

"하면, 해독할 방법은?"

"이미 해독해 두었습니다. 사천당가의 소가주가 직접 해독했으니 후유증은 없을 것입니다. 강직하신 아드님의 성품상 필시 사직하고 귀향할 터, 부디 따듯하게 맞아주십시오."

사천당가는 권혁선도 들어본 적이 있는 곳이었다. 권혁선은 '보통 의원이 아니라 소가주?'라고 중얼거리다가 의아한 얼굴로 승조를 바라보았다.
"이미 해독해 두었다… 정녕 호의로서 온 것이었던가?"
승조가 미약한 미소를 지으며 고개를 끄덕였다.
권혁선이 미간을 찌푸리며 턱을 긁적였다.
"아직 자네를 온전히 믿는 것은 아니네만."
"곧 믿으실 수 있을 것입니다."
승조가 그렇게 말하며 자리에서 일어났다. 권혁선이 아직 이야기가 끝나지 않았다는 듯한 표정으로 뒤따라 일어났지만, 그가 말리기도 전에 승조가 정중하게 장읍을 해 보였다.
"대인께 함부로 군 점, 거듭 사죄하겠습니다. 한 시진 안으로 장우현(張右峴)이라는 행수가 호암장의 문서를 가져올 것입니다. 세부적인 사항은 그와 논의하시면 됩니다."
말을 마친 승조가 몸을 돌렸다.
"잠깐만 기다리게!"
"더 하실 말씀이 있으십니까?"
"자네는 흉수를 알고 있어, 모른 척할 뿐이지. 아닌가?"
승조는 한참 동안 대답하지 않았다. 말해도 될지, 아니면 말하지 않아야 할지 고민하듯이 말이다. 잠시 뒤, 승조가 길게 한숨을 내쉬더니 어깨를 으쓱해 보였다.
"운리방을 버리고 신양상단과 계약한 것을 다행으로 여기십시오, 권 대인. 진짜 역모죄에서 벗어나게 되었으니."

권혁선의 표정이 경악에서 분노로 변해갔다.

"설마 운리방이……."

그 목소리를 뒤로 한 채, 승조가 집무실을 나섰다.

집무실 밖에서 기다리던 호암장의 시비가 곱게 머리를 숙이자 승조가 불현듯 웃음을 짓기 시작했다.

'몇 년 전에 무한삼진에 놀러 오셨다가 제학관(提學官:학교감독관) 노릇을 하신 적이 있지요, 권 대인?'

무한삼진의 현령이 직접 그에게 제학관 노릇을 부탁했고, 권혁선은 그것을 승낙했다. 후학들이나 구경해 보겠다고 나선 그는 시험장 곳곳을 돌아다니며 몰래 책을 숨겨온 자나, 대리로 시험을 보러 온 자들을 적발했다. 그 눈이 어찌나 매섭던지 한 명도 야료를 부리지 못했을 정도였다.

가족들에게는 따로 말하지 않았지만, 승조도 그때 서책을 숨겨간 것이 걸려 곤장 석 대를 맞고 쫓겨난 적이 있었다.

'곤장 석 대의 빚, 이제 갚았습니다.'

승조가 키득키득 웃으며 걸음을 옮겼다.

호암장을 벗어나 현문에 다다르니, 거무튀튀한 마차 한 대가 서성이는 것이 보였다.

"처남이 일을 마치고 돌아온 모양이로군."

사천당가의 소가주, 당유회가 마차의 문을 열었다. 승조는 못마땅하다는 얼굴로 그를 흘끔 올려보았다.
"처남이라고 부르지 마십시오. 어? 큰 누이께서도 오셨군요. 그냥 객잔에서 기다리실 일이지."
"걱정이 되어서 와봤다."
귀부인마냥 차분하게 앉아 있던 영화가 말했다.
승조의 입꼬리가 슬며시 올라갔다.
'누이가 아무렇게나 입고 다니면 오히려 내가 욕을 먹는다'고 부득부득 우겨 비단 정장을 입혀 놓았더니, 이제는 누이를 보는 것만으로도 눈이 부실 지경이다. 일부러 큰돈을 써서 상품의 비단에 신품(神品)의 수를 놓은 보람이 있다.
"점점 예뻐지십니다, 누이."
"나는 불편하기만 한데."
평소에는 마의 차림을 고집하지만, 승조의 체면을 생각해 밖에 나갈 때는 꼭 비단 정장을 입는 영화였다.
승조가 피식피식 웃으며 마차에 올라탔다.
"이제 끝난 셈인가, 작은 처남?"
"호암장이 마지막입니다. 그리고 그 호칭은 그만."
당유회의 질문에 승조가 귀찮다는 듯 손사래를 쳤다.
천애검협 진소량이 무공으로써 적을 상대한다면, 금협 진승조는 돈으로써 적을 상대한다. 그는 가장 먼저 상계의 정보를 훑어 혈마곡으로 흘러가는 자금을 파악했다.

운리방, 대진상단(大秦商團).

바로 그들이 혈마곡으로 흘러가는 자금을 책임지는 상단이었다. 그들의 자금을 끊으면 그렇지 않아도 돈 들어갈 곳이 많은 혈마곡은 먹을 것, 입을 것도 없는 거지가 된다.

때문에 지난 몇 달간, 승조는 돈을 풀었다.

이득을 취하고자 하는 소상(小商)에게는 큰 이득을 약속했고, 믿음을 요구하는 소상에게는 믿음을 주었다. 그래도 말을 듣지 않는 자에게는 협박조차 서슴지 않았다.

돈줄이었던 소상들이 하나둘씩 떠나자 운리방과 대진상단도 대경하여 돈을 풀었다. 돈을 검으로 삼고 서류를 초식으로 삼아 벌이는 한판 비무(比武)가 시작된 것이다.

결과는 승조의 승리였다.

이제 호광성에 운리방과 대진상단은 없다.

'소량 형님. 형님이 보셨다면 욕을 하셨겠지요.'

소량이 보았다면 틀림없이 크게 꾸중을 했을 것이다. 그동안 협박과 같은 삿된 방법도 적잖게 썼으니 말이다.

'소량 형님이나 영화 누이, 태승이는 정파(正派)지만, 안타깝게도 유선이와 나는 사파(邪派)랍니다.'

승조가 느긋하게 등을 기대며 한숨을 내쉬었다.

"이제 호광성을 정리했으니 주변으로 뻗어 나갈 때입니다.

남직예(南直隸:강소성(江蘇省), 안휘성(安徽省)을 뜻함)로 가보려 합니다. 누이는 언제 출발하실 생각입니까?"

승조는 그렇게 말하며 마차 구석에 놓인 서류를 집어 들었다. 영화가 승조를 물끄러미 바라보며 물었다.

"꼭 떠나야 하는 거니?"

"호광성을 잃었으니, 운리방과 대진상단은 최소한 석 달 간은 자금력을 회복하지 못합니다. 상황이 다급해졌으니 그들은 혈마곡을 동원해서 자금력을 회복하려 하겠지요. 우리에게는 그들을 막아낼 무력이 없으니 무림맹이 대신 나서주어야 합니다. 누이가 그 일을 해주셔야 해요. 그리고……."

승조가 서류에서 시선을 떼어 영화를 바라보았다.

"지금 천하에서 할머니의 행방을 가장 빨리 알아낼 수 있는 사람은 맹주이신 백부님이십니다. 할머니를 찾고 싶은 마음이 없는 것은 아니시겠지요?"

영화가 어두운 얼굴로 고개를 숙였다.

그녀가 그토록 반대했지만, 승조는 '소량 형님께서 부탁하신 일입니다'라며 유선을 창천존에게 맡겼다. 태승이 서신 한 장만 남기고 사라져 버린 지금, 남아 있는 것은 승조와 자신뿐인데 이제는 모두 뿔뿔이 흩어지게 생겼다.

"너도 같이 가면 좋을 텐데."

"저는 해야 할 일이 있습니다."

승조가 다시금 서류를 뒤적거리기 시작했다.

"이건……?"

서류 중에 끼인 서신 하나를 발견한 승조의 눈에 이채가 떠올랐다. 창천존과 함께 떠난 유선에게서 온 것이었다.

승조는 빠르게 그것을 읽어 내려갔다. 그리 오래 지나지 않아 승조의 입가에 짙은 미소가 어렸다.

"유선이 녀석, 아주 신이 났군."

"유선이 서신이야?"

영화가 다급히 고개를 들고 외쳤다.

"오늘 도착했나 봅니다. 잘 지내고 있는 모양이에요."

승조가 들고 있던 서신을 건네자 영화가 반색하며 받아 들었다. 서신을 읽는 영화의 눈에 곧 눈물이 고였다.

"너무 염려치 말아요, 진 소저."

영화를 안쓰럽게 바라보던 당유회가 손을 내밀었다. 영화는 눈물을 참으려 애쓰며 당유회의 손을 꼭 마주 쥐었다.

'말로는 관심이 없다더니, 누이도 너무하는군.'

승조도 이제 알 것 같았다. 틀림없이 누이도 당유회에게 마음이 있다. 그녀 스스로도 자신의 마음을 알지 못할 뿐.

당유회를 바라보던 승조가 길게 한숨을 내쉬었다.

'나도 슬슬 마음을 바꿀 때가 되었나 보다.'

생각해 보면 당유회의 마음 씀씀이가 남다르다.

소량에게는 무재가, 승조에게는 상재가, 태승에게는 문재(文才)가 있는데 나만 바보 멍청이라며 상심해하던 누이를 달래 의술을 가르쳐 준 사람도 다름 아닌 당유회였다.

영화는 예상보다 빨리 의술에 눈을 떴고, 지금 신양상단 내에서는 현의선자(賢醫仙子)라고까지 불린다.

당유회와 눈이 마주친 승조가 누이를 부탁한다는 의미로 묵례를 해 보였다. 당유회가 걱정 말라는 듯 고개를 끄덕였다.

승조는 깍지를 끼고는 창밖으로 시선을 돌렸다.

그의 시선이 얼음장처럼 냉혹하게 변해갔다.

'당과 사먹을 돈을 빼앗겼으니 억울하시겠소, 혈마곡주?'

자금을 빼앗긴 혈마곡이 할 수 있는 일은 몇 개 없다. 첫 번째는 승조가 짐작한 것처럼 무력을 동원해 다시 상권을 빼앗아오는 것이다. 이는 무림맹이 나서서 막아주어야 한다.

두 번째는, 자금을 빼앗아간 자신을 찾아오는 것.

바로 그것이 승조가 원하는 바였다.

'너무 오래 기다리게 하지는 마시구려. 그렇지 않아도 배 많이 고프실 텐데 얼른 찾아오셔야지.'

소량이 만신창이가 되어버린 사건은 그의 형제들에게 지울 수 없는 상흔으로 남았다. 태승이 그러했듯 승조도 나름대로 혈마곡과 건곤일척의 승부를 준비해 왔던 것이다.
 '누이가 떠나고 나면 걸릴 것이 없으니 어디 끝을 한번 맺어봅시다.'
 승조의 입가에 차가운 미소가 감돌았다.

第四章
사제(師弟)

호광행성(湖廣行省:지금의 호남성), 장사현(長沙縣).

장사현은 중원 어디와 비교해도 모자람이 없는 큰 규모의 현이었다. 대처(大處)가 으레 그렇듯 장사현의 시전은 장사치들로 바글바글했는데, 비단이나 보옥(寶玉) 같은 사치품부터 쌀과 밀 같은 필수품까지 팔지 않는 것이 없었다.

독특한 점은 저잣거리 한가운데에서도 학인(學人)들을 심심치 않게 구경할 수 있다는 점이었다. 악록서원(岳麓書院)이 부근에 있기 때문에 가능한 장사현만의 특징이었다.

창천존과 함께 장사현에 도착한 진유선은 무엇보다 먼저

종이와 붓부터 찾았다. 다른 곳에서는 흔히 볼 수 없는 상품의 한지가 지천으로 깔려 있었고, 송청연묵(松烟靑墨)이니 하는 귀한 먹도 발에 차일 정도로 많았다.

학문은 싫어하지만 넷째 태승 덕택에 아는 것은 많은 유선은 최대한 최고급의 지필묵을 구해 객잔으로 향했다.

"으응? 오늘이 서신을 쓰는 날이던가?"

창천존이 의아한 얼굴로 질문했다.

유선이 환하게 웃으며 고개를 끄덕였다.

"네. 어제 먹었던 불도장(佛跳牆) 이야기를 써줄 거에요."

보통의 계집아이라면 장도(長途)에 나서기를 무서워하겠지만 유선은 달랐다. 사고로 인해 형제들과 떨어져 있을 때는 시무룩한 척이라도 했던 그녀였지만, 아예 허락을 받은 지금은 천지가 좁다 하고 뛰어다니기 바빴다.

그동안 친 사고만 해도 벌써 몇 개던가!

이제 강호의 무인 중에 진유선을 모르는 자는 없었다.

천애검협이라는 걸출한 기인(奇人)의 동생이자, 창천존 도무진이 친구로 삼아버린 여아. 괴걸 중의 괴걸이자, 악인을 보면 이유를 불문하고 볼기를 두들긴다는 호쾌한 여협.

강호의 무인들은 그녀와 얽힐까 두려워하면서도, 그 소문을 듣는 것만은 즐겨했다. 그녀의 장난기를 빗대어 완동판관(頑童判官)이라고 부르는 사람도 있었다.

"이보게, 점소이! 여기 삶은 쇠고기 반 근하고 계육면(鷄肉麵)을 좀 말아주게! 목이 칼칼하니 화주도 두 근 주고."

야외의 객석(客席)에 앉은 창천존이 커다란 목소리로 점소이를 불렀다. 점소이가 굽실거리며 뛰어나와 주문을 받고는 재빨리 조방으로 가 차와 찻잔들을 가져왔다.

진유선은 옆에 있는 그릇에다 물을 붓고 먹을 간 다음, 문진 대신 저통(箸桶)으로 한지를 누르고는 붓을 들어 올렸다.

그리고 침을 꿀꺽 삼킨 다음, 첫 문장을 써 내려간다.

영화 언니. 나 어제 불도장 먹었어……

학문을 배운 이라면 그럴 듯한 인사말이라도 적었겠지만, 소학(小學)도 채 마치지 못한 유선은 그런 예의 따위는 알지 못했다. 안부를 묻지도 않고 자신의 대단할 것 없는 용건부터 밝히는 것도 어린아이다웠다.

창천존은 진유선의 서신을 흘끔 내려다보고는 '푸헐!' 하고 웃음을 터뜨렸다. 규율이니 법도니 하는 것이 진도(眞道)에 이르지 못하게 한다며 방랑길에 오른 그였지만, 학문이라면 어지간한 학사 못지않게 알고 있다.

"내용이 그게 뭐야, 내용이! 으하하!"
"왜요, 이만하면 됐지."

몇 글자를 삐뚤빼뚤 써 내려가고는 힘이 드는지 땀을 닦는 시늉을 하는 유선이었다. 창천존은 '언니가 만든 거보다 맛있더라' 라는 두 번째 문장을 보고 배를 잡고 웃어댔다.

"으하하! 내용도 내용이지만 글자가 지렁이 기어가는 것 같구나! 아마 초서(草書)를 쓴 모양이지?"

초서는 글자를 윤곽과 일부분만으로 표현하여 빠르게 흘려 쓰는 글씨체를 말한다. 글자를 잘 아는 사람이라면 모르겠지만, 범인이라면 알아보기가 쉽지 않은 글씨체다.

물론, 유선은 초서 따위는 배워본 적도 없었다.

"흥! 할아버지는 얼마나 잘 쓴다고!"

"응? 내가 잘 못 쓸 것 같으냐? 내 어디 보여주지!"

창천존이 유선에게서 붓을 받아 들고는 헛기침을 큼큼 내뱉었다. 그리고 정자(正字)로 꼬박꼬박 써 내려가는데, 필체가 마치 검으로 그은 듯 단호했다.

"이봐, 지괴. 정 뭣하면 내가 대신 써줄까?"

"씨이."

유선의 얼굴이 빨간 물이 뚝뚝 떨어질 것처럼 붉어졌다. 그녀는 '내가 쓸 거예요!'라고 외치며 붓을 빼앗듯 받아 들고는 창천존이 쓴 글씨를 몰래 훔쳐보며 그것을 따라 썼다.

아니, 썼다는 말보다는 따라 그렸다는 말이 옳으리라.

글씨를 다 쓴 후에는 창천존의 것과 비교해 보다가, 그가

'나도 보여주게'라고 외치자 죽어도 보여줄 수 없다는 듯이 한지를 숨긴다. 그리고는 새 종이를 꺼내어 다시 한 번 창천존의 글씨를 따라 쓰는데 그게 쉽게 될 리가 없다.
"거 봐, 역시 내가 더 잘 쓰… 으음?"
창천존은 눈물이 가득 고인 얼굴로 씩씩거리는 유선을 보고는 멋쩍은 표정으로 눈을 끔뻑였다.
본래 어린아이를 자꾸 놀리면 울어버리는 법.
"으아앙!"
마침내 유선이 크게 울음을 터뜨렸다. 자기도 예쁘게 쓰고 싶은데 몸은 마음대로 안 따라준다. 거기다가 속도 모르는 할아버지가 자꾸 약을 올리니 화가 나서 견딜 수가 없다.
창천존이 당황하여 허둥대기 시작했다.
천하에 적수가 없는 그이지만, 어린아이나 여자의 울음에는 대항할 방법이 없는 것이다.
"착하지, 착해. 이제 보니 이 글자도 아주 잘 썼는걸!"
"거짓말!"
유선이 거짓말하지 말라고 고함을 지르며 앙앙 울어댔다. 창천존이 몇 번이나 달래도 울음을 그치지 않던 유선은 '울음을 그치면 예쁜 글자를 쓰는 법을 가르쳐 주겠다'는 말을 들은 후에야 소매로 눈가를 닦았다.
"씨이, 씨이."

유선은 그래도 분이 덜 풀리는지 창천존을 흘겨보았다.
그리고 다시 서신을 작성하는데, 창천존이 볼 수 없도록 아예 한 팔로 종이를 가리고 글씨를 쓴다.
유선이 서신을 다 쓴 후 두 번, 세 번을 접어 소매에 넣었을 즈음이었다. 점소이가 삶은 쇠고기 반 근과 계육면 두 그릇, 화주 두 병을 가져왔다.
유선은 창천존을 다시 한 번 흘겨보고는 계육면에 저를 담갔다. 한 입 후루룩 삼키고 고개를 드는데, 창천존이 코끝을 올려 들창코를 만들어 우스꽝스러운 표정을 짓고 있었다.
"흡."
유선은 웃음을 참으려 아랫입술을 질끈 깨물었다. 아직 화가 풀리지 않았으니 웃으면 안 되는 것이다. 하지만 본래 웃지 않으려 애를 쓰면 더욱 웃긴 법. 창천존이 볼을 홀쭉하게 만들며 입술을 뺑끗거리자 마침내 웃음이 터져 나왔다.
"아하하!"
"헐! 우습지? 어디 이것도 좀 보렴."
득의만면한 창천존이 여러 가지 표정을 지어 보였다. 그 표정 중에 웃기지 않은 것이 없어서, 유선은 계육면을 먹는 것도 잊어버리고 한참을 웃었다. 두 노소가 어찌나 재미나게 웃는지 지나가던 사람도 걸음을 멈추고 구경할 정도였다.
조금의 시간이 지나자 또 다른 구경거리가 생겼다.

조금 전의 것이 절로 미소가 우러나오는 구경거리였다면, 이번엔 절로 눈살을 찌푸리게 하는 종류의 것이었다.

"하! 내 젊어 천하를 주유하였으나 이처럼 몰상식한 사람은 처음 보는구나! 이보시오, 부인. 부군께서 빚을 졌다는 사실을 정녕 인정하지 못하겠단 말이오?"

세 명의 사내가 곽가상점(廓家商店)이라는 가게 앞에서 윽박을 지르고 있었다. 한 명은 버럭버럭 고함을 지르고, 다른 두 명은 괜히 포목을 발로 툭툭 찬다.

그들은 장사현의 뒷골목을 꽉 잡고 있는 백호회(白虎會)의 일원이었다. 윽박을 지르는 자의 이름은 왕추(王秋)라 하는데, 백호회에서는 무려 부회주의 직위를 맡고 있었다.

"나, 남편은 죽었어요."

곽가상점의 여주인, 곽 부인이 파르르 떨며 대답했다.

왕추가 기가 막힌다는 듯 코웃음을 쳤다.

"아니, 죽기 전에 가게를 넘기겠다고 이처럼 수결하고 돈까지 받아갔다니까! 내가 은자를 몇 냥이나 그에게 주었는지 부인께서는 모르실 거요."

"하지만 남편의 글씨체가 아닌 걸요……"

"그렇다면 이 왕 모가 거짓말을 하고 있단 말이오? 이런 모욕을 받고 가만히 있을 수는 없지. 어디 곽가상점이 나의 것이 되나 안 되나 두고 봅시다!"

조용히 소란을 구경하던 창천존이 은밀히 물었다.

"음, 지괴. 이번에는 어떤 방식으로 혼내주려나?"

유선의 눈은 이미 표독스럽게 바뀌어 있었다.

할머니를 만나기 전의 자신처럼 핍박받는 백성이 강호에는 수도 없이 널려 있었다. 여러 번 봐왔으나 익숙해지기는커녕, 볼 때마다 노기가 치밀어 오르는 것을 참을 수가 없다.

"흥! 당당한 외치는 것처럼 속도 하얀가 볼 거예요!"

"그거 재미있겠는걸!"

창천존이 크게 웃으며 술병을 들어 올렸다.

사실 지금까지 천지이괴가 행한 협행은 모두 유선이 했다고 해도 과언이 아니었다. 창천존은 유선의 목숨이 위험하지 않는 한 절대 나서지 않았던 것이다.

유선이 모자란 창술로 이리 쿵, 저리 쿵 일전을 벌이면, 부족한 점을 찾아 보완해 주고 새로운 재간을 가르쳐 준다. 창천존은 나름대로 무학을 체계적으로 가르치고 있었던 것이다.

유선은 우물거리던 계육면을 꿀꺽 삼키고는, 조그마한 손으로 단봉 세 개를 꺼내어 조립했다. 바닥을 탕탕 쳐 단봉이 잘 끼워졌나 확인한 유선이 손을 흔들며 뛰어갔다.

"언니! 언니!"

"으음?"

곽가상점을 구경하고 있던 사람들의 시선이 모두 뒤쪽으로 향했다. 키가 작달막 한 여아가 장봉을 손에 들고 환하게 웃으며 뛰어오고 있었다.

상황에 어울리지 않는 모습에 사람들이 실소를 머금었다.

곽 부인이 황당하다는 듯 질문했다.

"아가씨는 누구……."

"언니도 참, 나를 몰라요? 나잖아요, 나."

유선은 섭섭해 죽겠다는 얼굴로 여주인을 바라보고는 사내들에게로 시선을 돌렸다.

"흥! 감히 우리 언니를 괴롭히다니, 간이 배 밖으로 나온 모양이로구나! 이 언니가 얼마나 높은 사람인지도 모르고!"

왕추가 기가 막힌다는 듯이 헛웃음을 지었다.

"이제는 어린 여아에게까지 수모를 당하는구나. 그래, 어디 말해보렴. 곽 부인이 얼마나 높은 사람이기에 그리 큰 소리를 땅땅 치느냐?"

"그야 이 누나가 모시는 언니이니, 너희들의 대저(大姐) 되시지 않겠어?"

유선이 장봉, 아니, 장창을 어깨에 척하니 걸치고는 도도하게 턱을 치켜들었다. 사람들이 와하하 웃는 것과 동시에 세 명의 사내의 얼굴이 붉어졌다. 당황한 곽 부인이 '아가씨, 그러다가 큰일 나요'라며 유선을 말렸다.

"이 어린년이 어른을 알아볼 줄 모르는구나!"

"흥! 자기야말로 어른도 알아볼 줄 모르는 자라 같은 놈인데 감히 누구를 탓하고 있담?"

"이이익!"

노기를 참지 못한 왕추가 단도를 뽑아 들었다. 처음에는 그냥 겁을 주어 보내려 했으나, 이처럼 많은 사람들 앞에서 웃음거리가 되었으니 칼자국 몇 개를 만들어줄 수밖에 없다.

유선이 혀로 입술을 축이며 장봉을 움켜쥘 때였다.

"그만하십시오."

왕추의 가슴팍에 용이 그려진 도갑(刀匣) 하나가 나타났다. 왕추가 도갑을 쥐고 있는 손을 따라 시선을 옮겨보니 유선만큼이나 어린 소년이 보였다.

시원하리만치 맑은 눈을 한 소년이 길게 한숨을 내쉬었다.

"시시비비는 관아에서 가리는 것이 옳겠지요."

"요즘 어린 것들은 모두 제정신이 아닌 모양이로구나!"

왕추가 버럭 고함을 지르며 단도를 높이 들었다.

그때, 소년이 차가운 어조로 속삭였다.

"출수하는 순간 한 팔을 거두겠소."

왕추는 행동을 멈추었다. 그냥 무시해 버리면 될 텐데, 왠지 모르게 등골이 섬뜩해진다. 잠시 어정쩡하게 머뭇거리던 왕추는 자신이 무언가 착각한 것뿐이라고 생각했다.

"이 미친놈이!"

왕추가 소년의 머리로 단도를 내려찍을 때였다.

서격!

도대체 언제 도갑에서 도를 빼었는지, 어떻게 팔을 벤 것인지 알 수가 없다. 왕추는 피가 철철 흐르는 팔뚝을 움켜쥐고 정신없이 뒤로 물러났다. 팔이 완전히 잘린 것은 아니었지만, 제법 깊숙이 파인 것이 혈맥은 물론 힘줄도 끊어진 듯하다.

"다시 공격하는 순간, 왼팔도 거두겠소."

왕추가 겁에 질린 얼굴로 침을 꿀꺽 삼켰다. 어린놈이 도전 운운할 때부터 알아봤어야 했다. 비록 나이는 어리지만 상대는 무림인이다. 그것도 아주 제대로 배운 무림인.

"네놈, 아니, 공자는 도대체 누구시기에……."

"연가(淵家) 사람 호진(縞珍)."

소년, 아니, 연호진이 길게 한숨을 내쉬며 도를 휘저어 피를 털어내고는 도를 수습했다. 스승의 가르침이 있긴 하지만, 사람을 상케 하는 것은 역시 불편한 일이었다.

"관아에서 일을 처리하겠다고 약조하시오."

"야, 약조하겠소."

왕추가 두려움 가득한 어조로 고개를 끄덕였다. 상대가 만약 명문의 제자라면 건드려서는 안 된다. 곽가상점이야 이 어린놈이 떠난 후에도 취할 수 있는 것이 아니겠는가.

사제(師弟) 107

그때, 연호진이 차갑게 말했다.

"내가 언제 이곳에 다시 올지는 모르오. 하지만 만약 이곳을 다시 찾거든, 반드시 이 곽가상점의 여주인을 찾아 경과를 묻겠소. 만약 약조가 지켜지지 않았다면 명예에 손상이 간 것으로 간주하고 평생을 걸고 당신을 추살(追殺)하겠소."

연호진의 어조는 담담했지만, 왕추는 등골에 소름이 오싹 돋아 오르는 것을 느꼈다. 그의 본능이 '이놈의 말은 진심이다' 라고 외치고 있었던 것이다.

왕추가 재빨리 고개를 끄덕이자, 연호진이 가도 좋다는 듯 팔을 뻗었다. 왕추의 수하들이 냉큼 달려와 옷을 찢어 상처를 지혈하고는 도망치듯 자리를 빠져나갔다.

"하아—"

연호진이 또다시 한숨을 내쉬었다.

연호진의 스승은 자신의 행동 하나하나에 사문의 명예가 걸려 있음을 명심하라며, '감히 너를 알아보지 못하고 검을 뽑는 자가 있다면 반드시 사지 중 하나를 거두라' 고 명령했다.

자기는 그렇게 대단한 사람도 아닌데 말이다.

스승은 또한 '천하의 누구의 명령도 너의 것만 못하다. 천자의 명령은 어겨질 수 있어도 네 명령은 어겨질 수 없다'며, 감히 자신의 명령을 어긴 자가 있거든 반드시 찾아가 최대한

잔인하게 죽이라고 했다. 그래야 사람들이 자신의 명령이 얼마나 무거운지 알 것이라면서 말이다.

참으로 괴팍하고 무서운 스승이 아닐 수 없다.

그 외에도 여러 가지 무서운 명령들이 있는데, 처음 그것들을 들었을 때에는 '살인마를 스승으로 모신 것이 아닌가' 하며 혼자 훌쩍이곤 했었다.

'이랬어요, 저랬어요'라는 말투 대신 정중한 말투를 배우던 때도, 울고 싶어질 만큼 힘든 무학 수련도, 회초리를 맞아가며 배우던 학문도 스승의 명령보다는 쉬운 일이었다.

그래도 지금은 그럭저럭 익숙해지긴 했다. 예전처럼 훌쩍이는 대신 한숨을 쉬는 경우가 많아지긴 했지만 말이다.

사실, 연호진은 스승의 말을 잘 듣는 착한 제자였다.

"어린 협객께서 일처리가 시원시원하네그려."

"하! 생긴 것 좀 보게. 후에 여자 여럿 울리겠구먼."

사람들이 쑥덕대는 소리에 부끄러워진 연호진이 공연히 헛기침을 큼큼 내뱉고는 곽가상점의 여주인에게로 걸어갔다. 곽 부인이 연신 허리를 굽히며 고맙다고 인사를 했다.

"관아에 가서 시시비비를 가리십시오. 장사현령은 인심이 두텁고 공정하기로 유명하다 들었으니 억울한 일이 있다면 반드시 밝혀주실 것입니다."

연호진은 말을 하며 흘끔흘끔 옆을 돌아보았다. 장창을 어깨에 척 걸쳐 멘 여아가 볼이 잔뜩 부어터져서는 자기를 바라 보고 있다. 연호진은 '내가 뭔가를 실수했나?'라고 생각하며 공연히 침을 꿀꺽 삼켰다.
"그리고 어린 소저께서는 왜 저를 그렇게……."
그 말이 실수였다.
"어리긴 누가 어리단 말이야?!"
진유선이 표독스럽게 소리를 질렀다. 자신이 나서서 일을 잘 처리하려 했는데, 연호진이 대신 나서서 일을 망쳐 버리고 말았다. 게다가 자기도 어린 주제에 감히 '어린 소저'라고 부르다니, 속이 확확 뒤틀린다.
"흥!"
진유선이 몸을 홱 돌려 성큼성큼 걸음을 옮겼다. 곽 부인은 갑자기 언니라며 찾아왔다가 가타부타 말도 없이 콧방귀를 뀌며 돌아가는 진유선을 이상한 시선으로 쳐다보았다.
뒤늦게 정신을 차린 곽 부인이 다시 머리를 조아렸다.
"참, 내 정신 좀 봐. 연 공자라고 하셨지요?"
곽 부인이 '이 은혜를 어찌 갚아야 할지 모르겠다'며 식사를 대접하기를 청했다. 연호진이 얼른 손사래를 쳤다.
"죄송하지만 스승께서 부근에 계십니다. 보답을 바라고 한 일이 아니니 부인께서는 신경 쓰지 마십시오."
곽 부인은 그래도 연호진을 붙잡았지만, 그는 끝내 사양한 후 묵례를 해 보이고는 자리를 떠났다. 공교롭게도 그가 걸어가는 방향은 진유선이 걸어가는 방향과 같았다.

진유선은 갑자기 뒤통수가 근질근질해지는 것을 느꼈다. 누가 자기를 지켜보나 싶어서 고개를 홱 돌려보니 잘 걷던 연호진이 화들짝 놀라 걸음을 멈춰 세운다.

"흥!"

진유선이 콧방귀를 뀌며 다시 걸음을 옮겼다.

연호진이 머쓱한 얼굴로 그 뒤를 쫓았다.

참지 못한 진유선이 몸을 홱 돌리고는 버럭 고함을 질렀다.

"뭐야! 너 왜 따라와!"

"어린, 아니, 그냥 소저. 저는 그저 제 갈 길을 가는 것뿐입니다. 스승께서 그쪽에 계시거든요."

유선의 볼이 또다시 부어터졌다. 자기 갈 길 간다니 뭐라 탓할 수도 없고, 공연히 약만 오른다. 진유선은 못마땅하다는 듯 연호진을 바라보고는 다시금 걸음을 옮기기 시작했다.

그렇게 얼마나 걸었을까.

유선은 마침내 창천존 앞에 당도했다. 창천존 건너편에는 처음 보는 노인이 앉아 술을 마시고 있었는데, 창천존은 껄껄 웃으며 그에게 무어라 말을 걸고 있었다.

그 옆으로, 신투(神偸) 왕안석(王安石)이 보인다.

"왕 아저씨!"

왕안석은 본래 경공의 고수로, 탐관오리의 재물을 털어 백성들에게 나눠주는 것을 업으로 삼은 의적(義賊)이었다.

십여 년 전, 그는 재물을 훔치러 들어간 어느 장원에서 겁간을 당하는 여인을 보게 되었다. 분기탱천한 그는 색마를 단숨에 때려죽이고 여인을 구출해 내었는데 알고 보니 그 색마가 전사(典史)인가 뭔가 하는 벼슬아치였다.

관아의 표적이 된 그는 거의 죽기 직전까지 몰렸다. 그렇지 않아도 재물을 털리고 이를 빠득빠득 갈던 탐관오리들이 합심해서 관원 수백 명을 강호로 내보냈던 것이다.

그때 그를 구해준 사람이 바로 창천존이었다. 조정을 개똥보다 못하게 여기는 창천존은 신투 왕안석을 믿어주었고, 나름 꾀를 내어 관원들을 속여 돌려보냈다.

그렇게 왕안석은 삼천존의 신객(信客)이 되었다.

유선이 왕안석을 알게 된 것은 얼마 되지 않은 일이었다.

언니, 오빠들과 헤어진 이후로 만나게 되었는데, 왕안석은 재미난 이야기도 많이 알고 있고 만날 때마다 선물도 챙겨주곤 하는 좋은 사람이었다.

유선은 동네 아저씨 대하듯 그에게 애교를 피웠다.

"왕 아저씨, 왕 아저씨!"

"하하하! 소인은 지괴 아가씨께서 어디 계신가 했습니다!"

대뜸 품에 안겨드는 진유선을 덥석 들어 올린 왕안석이 껄껄 웃으며 한 바퀴 빙글 돌았다. 허공을 붕붕 나는 기분에 신이 난 유선이 웃음을 터뜨렸다.

왕안석의 품에서 내려오자마자 유선이 질문을 던졌다.

"참, 이번에는 선물 없어요?"

"왜 없겠습니까? 잠시만 기다리시지요."

왕안석이 기대하라는 듯 소매를 뒤지다가, 유선의 뒤쪽에 서 있는 연호진을 보고는 화들짝 놀라며 정중하게 장읍했다. 천지이괴야 워낙에 성격이 괴팍하여 세속의 예의에 구애받지 않지만, 도천존 단 노사의 제자인 연호진은 다른 것이다.

"어이쿠! 이 왕 모가 연 공자를 뵙습니다."

"오랜만에 뵙습니다, 왕 아저씨."

연호진도 예를 갖추어 장읍했다.

중간에 유선을 흘끔거리긴 했지만 말이다.

"왕 아저씨. 아저씨가 아는 사람이에요?"

진유선도 연호진을 흘끔거리며 말했다.

대답은 이상한 곳에서 들려왔다.

"저 여아가 배분을 엉망으로 꼬아놓았다는 지괴인가?"

창천존 앞에 앉아 있던 청수한 인상의 노인, 도천존이 무심한 얼굴로 유선을 바라보았다.

유선은 그만 겁에 질리고 말았다.

어떻게 사람의 눈이 새하얀 백색일 수가 있는가!

"하, 할아버지. 이분은 누구신가요?"

"응? 단천화라는 친구란다. 성격은 좀 무뚝뚝하지만, 내가 본 중에 가장 칼질을 잘하는 사람이지."

단천화라는 이름을 듣자 유선의 얼굴이 사색이 되었다.

예전에 승조 오빠가 단천화라는 사람에 대해 이야기해 준 적이 있는데, 무슨 비급인가를 만지기만 하면 화를 내며 콱 죽여 버리는 무서운 사람이라고 했었다.

소량 오빠도 그 사람을 만났다가 하마터면 죽을 뻔했는데, 어찌어찌하다가 그의 제자가 되었다고 했다.

"진가 사람 유선이 단 어르신을 뵈어요."

순식간에 다소곳해진 진유선이 머리를 숙였다.

도천존은 유리알처럼 투명한 눈으로 진유선을 바라보았다.

"천괴만큼이나 장난기가 심하지만, 어린 나이에도 백성들을 살피는 여협이라 들었다."

유선의 표정이 조금이나마 밝아졌다. 하지만 도천존이 말을 이어 나가자 안색이 순식간에 새하얗게 질리고 만다.

"하지만 조금 전에는 내 제자에게 화를 내더군. 명성을 빼앗겼다 생각한 모양이야. 묻지. 그간의 협행도 알량한 명성 때문이었느냐?"

"그, 그건 아닌데요……."

유선이 겁먹은 얼굴로 대답했다.

하지만 도천존의 표정에는 조금의 변화도 없었다. 인상을 찌푸리거나 화를 내는 것도 아닌데 유선은 겁을 덜컥 집어먹었다. 그녀는 도천존의 시선을 피해 얼른 고개를 숙이고는 그의 말을 곰곰이 되짚어 보았다.

'화를 내시는 걸 보니… 내가 정말 그랬나?'

가만히 생각을 해보니, 자신이 받을 칭찬을 연호진이라는 아이가 대신 받아서 화가 난 것도 같다.

흉흉하게 겁을 주어 사람을 괴롭히는 자가 있기에 화가 나서 나선 것이었는데, 그게 해결됐으면 그만이지 그까짓 칭찬이 뭐라고 애꿎은 사내아이에게 샘을 냈을까?

왠지 모르게 부끄러워진 유선이 얼른 고개를 숙였다.

"죄송합니다. 제가 마음을 잘못 썼어요."

할머니는 잘못을 했거든 인정하고, 그 이후에는 절대로 같은 일을 하지 말라고 가르쳤다. 비록 까불거리고 제멋대로인 유선이었지만 진가의 가르침이 어디 가지는 않았다.

가족들에게만큼은 예외인 감이 있긴 하지만.

"으흠."

도천존의 얼굴이 슬쩍 구겨졌다 펴졌다. 겁을 먹고 막무가내로 사과를 하는가 싶어 얼굴을 구겼는데, 부끄러워하는 듯한 표정을 보니 나름 생각한 바가 있는 듯하다.

"내게 사과할 일이 아니지. 아진(兒珍), 이분은 이 사부의 친구로 이름은 도무진이라 한다. 인사 올려라."

"연가 사람 호진이 도 사숙을 뵙습니다."

시립하여 서 있던 연호진이 공손하게 장읍을 해 보였다.

"응, 응. 그래."

환하게 웃으며 인사를 받은 창천존이 연호진의 전신을 한 차례 훑어보더니, 이내 크게 감탄사를 터뜨렸다.

"하! 약골(弱骨)을 무골(武骨)로 바꾸어 놓은 겐가?"

"그랬지."

도천존은 무심한 얼굴로 답변하곤 술을 한잔 더 비웠다.

연호진은 그때까지도 고개를 숙이고 있다가, 도천존이 '이 친구와 나눌 이야기가 있으니 왕가와 함께 안에 들어가 있어라'라고 명령을 내린 후에야 고개를 들었다.

왕안석은 도천존과 창천존에게 번갈아 묵례해 보이고는, 진유선과 연호진을 안내하여 객잔의 안으로 들어갔다.

주변이 고요해지자 도천존이 눈을 지그시 감으며 말했다.

"자네의 안색을 보니 중독된 사람 같지가 않네."

"하하하! 내가 아직 죽을 때가 된 건 아닌 모양이야. 그나저나 자네와 반선이 당하지 않았으니 다행일세."

창천존이 껄껄 웃고는 쇠고기 세 점을 집어 우물거렸다.

"아직 당가는 해독 방법을 찾지 못했다던가?"

"응, 응."

창천존은 중독되었다는 사실에 조금의 신경도 쓰지 않는 듯 태연하기만 했다. 도천존은 창천존을 흘끔 보고는 고개를 절레절레 저으며 잔을 채웠다.

"그보다 그게 더 큰 문제야. 우리와 비견할 만한 재간을 가진 놈들이 혈마곡에 적잖게 있다는 것."

쇠고기를 삼킨 창천존이 저로 도천존을 가리키며 말했다.

"흐음."

도천존은 오히려 그 문제를 대수롭지 않게 여겼다.

창천존이 어두운 얼굴로 하늘을 올려다보았다.

"무슨 검마존인가 하던 놈이었는데, 그놈이 상석에 앉은 놈이면 모르겠지만 말석에 앉은 것이라면 아주 피곤하게 생겼어. 물론 숫자가 많아도 마찬가지고 말이야."

"훙! 어디 얼마나 대단한지 구경해 보지."

도천존의 입가에 미소가 진득하니 배어 나왔다.

그의 생에 패배를 기록한 것은 단 두 번뿐이다. 검신 진소월을 만났을 때와 혈마를 만났을 때. 그 후로 수십 년, 도천존은 설욕을 준비하며 고련에 고련을 더해왔다. 그런 자신이 고작 혈마가 만든 몇몇 무인을 당해내지 못할 리가 없다.

도천존이 술잔을 내려놓고는 질문을 던졌다.

"나는 촉(蜀)으로 갈 생각인데, 자네는 어찌하려는가?"

"나도 가야겠지."

창천존의 표정에서 웃음이 사라졌다.

중원 곳곳에서 혈마곡이 발호하고 있다지만 그것은 결코 본대(本隊)가 아니다. 진무신모 유월향이 살아 있는 이상 혈마곡의 본대는 절대 청해를 넘어오지 않을 것이다.

하지만 만약 그들이 청해를 넘어온다면…….

격전지는 사천(四川)이 될 것이다.

만약 사천을 지키지 못한다면, 혈마곡의 난은 황궁까지 개입된 진정한 천하대란(天下大亂)으로 번지게 된다. 수십, 수만 명의 사람이 피를 흘리게 될 것은 자명한 이치였다.

창천존과 도천존이 약속이나 한 듯이 입을 다물었다.

한편, 객잔의 내부에 들어선 소년소녀들도 말이 없기는 마찬가지였다. 서로를 물끄러미 바라보기만 할 뿐 먼저 말을 건네지 않는다.

'소량 사형의 동생이라 했지?'

도천존의 가르침 덕택에 제법 무림인 티가 나는 연호진이었지만, 예전의 모습이 완전히 사라진 것은 아니었다.

연호진은 눈빛을 초롱초롱 빛내며 유선을 흘끔거렸다. 소량 사형과 어린 시절을 함께 보냈다니 부럽기도 했고, 그의 소식을 들을 수 있을지도 모른다고 생각하니 설레기도 했다.

아직까지 말을 붙이지 못한 것은, 배분 문제 때문이었다.

스승님의 친구 분이신 창천존 도 대협과 친구라면, 사부의 예로써 대해야 할까? 아니면 소량 사형의 동생이니 동배(同配)의 예로써 대해야 할까?

 연호진은 아직까지 답을 내리지 못했다.

 반면 유선은 부끄러워서 말을 건네지 못했다. 도천존 단천화의 말을 듣고 무언가 깨달은 것이 있는데, 그걸 생각하니 얼굴이 확확 달아오르고 왠지 모르게 미안해진다.

 난감해진 것은 왕안석이었다.

 '한쪽은 도천존의 제자요, 한쪽은 창천존의 지기다. 사이가 좋다면야 더 바랄 것이 없겠지만 만약 싸우기라도 하면……'

 왕안석이 눈을 질끈 감으며 고개를 저었다. 스승이 스승이니만큼 두 사람 모두 무림을 이끌어갈 재목이 될 터, 악의보다는 호의로써 서로를 대하는 것이 여러 모로 좋은 것이다.

 침묵을 참지 못한 왕안석이 무어라 입을 열 때였다.

 "너 몇 살이야?"

 유선이 먼저 입을 열었다. 배분 문제에는 원래부터 관심이 없었던 유선은 그냥 편하게 말을 놓기로 한 것이다.

 "저는, 아니, 나는 그러니까……"

 예상치 못한 일격에 연호진이 어찌할 바를 모르고 얼굴을 붉혔다. 머뭇거리던 연호진이 고개를 푹 숙이며 대답했다.

"열세 살."

"뭐야, 동갑이잖아. 그럼 말을 놓아도 좋아."

유선이 배시시 웃으며 말했다.

처음에는 고깝게 보였지만 지금 보니 생긴 것도 순박해 보인다. 좋게 보기로 했더니 정말로 좋게 보이는 것일까? 곰곰이 생각해 보니 소량 오빠와 어쩐지 느낌이 비슷하다.

"여기 있으면 심심하니까 밖에 나가서 놀래?"

아직도 호칭을 어찌해야 할지 몰라 우물쭈물하던 연호진이 '천괴는 속세의 예의와는 담을 쌓은 사람이니 너무 딱딱하게 굴지 말라'던 스승의 말을 떠올리고는 고개를 끄덕였다.

'창천존 도 노사와 친구라면 성격도 비슷하겠지.'

결심을 굳힌 연호진이 입을 열었다.

"안 돼. 사부님께서는 안에 들어가 있으라고 하셨는걸."

말을 놓는 건 놓는 거고, 안 되는 건 안 되는 거다.

스승의 말을 잘 따르는 착한 제자인 연호진은 안타깝게도 융통성이 없는 성격이었다.

"그럼 창천존 할아버지 대화를 엿들으러 가자!"

유선이 신이 난 얼굴로 '어때?'라며 채근했다.

"하아—"

연호진이 한숨을 길게 내쉬었다. 사부님이 해괴한 명령을 내려주셨을 때 내쉬던 한숨과도 닮은 한숨이었다.
"그러면 안 되는 거야."
 왠지 모르게 지금과 같은 한숨을 자주 내쉬게 될 것 같은 불길한 기분이 들었다.

第五章
사천행로(四川行路)

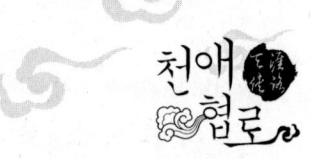

 창룡검전의 후원에서 진무극과 제갈군을 만나고 돌아온 소량은 그날 하루 동안 천룡각에 틀어박혀 움직이지 않았다.
 천만다행히 소량의 협명을 탐해 뻔질나게 찾아들던 무림인들은 코빼기도 보이지 않았다. 소량은 간만에 산사(山寺)의 것과 같은 고요한 하루를 보낼 수 있었다.
 다음 날 밤, 서영권이 다시 한 번 소량을 찾아왔다. 서영권은 귀한 백사주(白蛇酒)를 가져와서는 약속대로 미주를 가져왔다며 호호탕탕하게 웃어 보였다.
 서영권이 '선부(先父)께서 직접 담그신 술인데, 은공께서

드신다면 틀림없이 기뻐하실 것'이라며 한껏 술을 퍼주는 바람에 하마터면 소량도 취할 뻔했다.

안타깝게도 자주 술자리를 가졌던 장만욱이나 신근욱 등의 하급 무사들의 모습은 보이지 않았다. 다만 '나는 소인배요, 자신의 안위를 위해 의형의 위기를 모른 체한 소인배'라고 장만욱이 외치던 것을 언뜻 들었을 뿐이다.

그리고 마침내 출맹일이 다가왔다.

출맹일에는 진무극이 직접 찾아와 '네 백모 요리 솜씨가 나쁘지 않구나. 지금은 네 당저(堂姐:사촌누나)와 함께 처가에 가 있다만… 어머니를 찾으면 함께 식사를 하자꾸나. 어머니를 부탁한다'고 당부했다.

당부와는 어울리지 않는 담담한 목소리였지만, 소량은 그의 진심을 충분히 짐작할 수 있었다. 그로서는 할 수 있는 한 가장 큰 목소리로 부탁을 한 것이나 다름없었다.

백부께서 돌아가신 다음에는 현무당의 당주인 송풍검 운현자가 찾아와 계획을 설명해 주었다.

그는 먼저 사천의 성도(成都)로 방향을 잡게 될 것이라 설명했다. 성도에서 보급을 마치면 험한 촉도(蜀道)를 걸어야 할 것인데, 최종 목적지는 흑수촌(黑水村)이라는 곳이었다.

그곳에서 현무당은 미리 파견해 두었던 무림맹의 무사들과 접촉해 정보를 얻을 생각이었다.

주 임무는 척후로서 청해에 틀어박힌 혈마곡의 정보를 얻는 것이었고, 부 임무는 진무신모 유월향을 찾는 것이었다.

소량은 일단 흑수촌에 머물러 있다가, 진무신모일 가능성이 높은 인물이 발견되면 그곳으로 출행하기로 되어 있었다.

그로부터 사흘 뒤.

소량과 현무당은 은시현(恩施縣) 부근에 도착해 있었다.

"하아—"

소량은 분주히 움직이는 현무당의 무인들을 바라보며 길게 한숨을 내쉬었다. 사람들은 저마다 공경의 예로써 소량을 대했지만 그 저변에는 불편함과 두려움이 깔려 있었다.

모용세가와 한바탕 일전을 벌일 당시, 소량은 삼천존과도 비견할 만한 무위를 선보이며 패도니 군림이니 하는 소리를 외쳤었다. 소량을 편히 대하지 못하는 것은 어쩌면 당연한 일이라 할 수 있었다.

"잠자리를 마련해 드리겠습니다, 진 대협."

"아니, 제가 하겠습니다."

현무당원 섬전수(閃電手) 염우신(廉友信)이 찾아와 공손하게 말하자 불편해진 소량이 얼른 고개를 저었다.

무학이 높다 하여 사람 자체가 대단해지는 것은 아닌데, 사람들은 자신의 본질보다는 무학만을 보려 하는 것 같았다.

소량은 상황이 어서 정리되기만을 기다렸다.

'차라리 숨어 무학이나 닦는 것이 낫겠구나.'

소량이 버릇처럼 주먹을 쥐었다 폈다 했다. 그의 머릿속은 며칠 전 진무극이 해주었던 말들로 가득했다.

'내력 없이 초식을 펼쳐 보라고 하셨었지.'

소량의 눈빛이 깊어졌다.

내력을 굳이 배제하라 하신 것을 생각해 보면, 초식과 내력 사이에 어떤 불균형 같은 것이 존재하는 것일지도 모른다.

'태허일기공의 오단공에 오른 것은 어쩌면 생사의 간극에 자주 섰기 때문일지도 모른다. 그렇다면 초식은? 초식 역시 목숨을 걸고 펼치던 것이 아니었던가.'

소량의 상념은 점점 더 깊어져만 갔다. 건량을 끓여 만든 죽으로 늦은 저녁을 때운 후, 각자가 잠자리에 들 때까지도 소량은 정좌한 채로 상념만 정리할 뿐이었다.

하지만 오랜 상념에도 얻는 것은 없었다.

'별수 없지, 직접 해보는 수밖에.'

쉬는 짬이 나거나, 이처럼 노숙을 하게 될 경우엔 일행을 떠나 잠시라도 초식을 수련하곤 했던 소량이었다.

소량은 사람들이 잠에서 깨지 않도록 조심스럽게 자리에서 일어나 수풀 사이로 몸을 숨겼다.

그렇게 몇 걸음을 걷는데, 귓가로 청성파의 운송자(雲松子)의 목소리가 들려왔다.

"천애검협께서는 매일 밤 어디를 가시는 것일까요?"

차마 본인에게 묻지는 못하고 벙어리 냉가슴 앓듯 끙끙 앓기만 하던 운송자였다. 운송자의 앞에서 좌정하여 명상에 잠겨 있던 운현자가 나직하게 중얼거렸다.

"짐작할 수 없지. 본래 천애검협과 같은 기인은 범인의 상식으로는 판단할 수가 없는 법이다."

"그렇기도 하지만… 혹시 수련을 하러 가시는 것일까요, 사형? 고수가 되면 입문했을 때처럼 혹독한 수련은 오히려 하지 않게 된다던데 그것도 헛소문이었나 봅니다."

"수련을 한다면 몰래 훔쳐보기라도 할 참이냐?"

운현자의 말에 운송자가 퉁명스레 답했다.

"하! 차라리 일검 사백의 검무를 한 번 더 보렵니다."

지난 며칠간 무림맹에는 일검자가 천애검협에게 패한 것이 아니냐는 소문이 돌았다.

청성파의 문도들은 '절대 그럴 리가 없다'며 소문을 부정했다. 일검자께서 자비를 베푼 것이 분명하다면서 말이다.

청성파의 제자들인 운현자와 운송자 역시 마찬가지 견해를 가지고 있었다. 겉으로는 공손하게 대하고 있지만 그들과 소량의 거리감은 너무나도 컸다.

소량은 그들이 나누는 대화를 듣지 않으려 애쓰며 걸음을 옮겼다. 그리 오래 걷지 않아 소량은 달빛이 요요롭게 흐르는 작은 공터를 발견할 수 있었다.

"후우—"

공터의 중앙에 선 소량이 검을 바닥에 놓고는 양손을 깍지 끼고 앞으로 뻗었다. 그리고 하늘 높이 들고는 좌우로 움직이는데, 등이 낭창낭창한 활처럼 부드럽게 휘었다.

이번에는 두 다리로 가볍게 각법(脚法)을 펼친다. 처음에는 낮게 발차기를 하는 듯했던 다리가 조금씩 조금씩 올라가더니 마치 몸이 반으로 접히듯이 머리를 넘어선다.

이와 같은 몸 풀기를 권법에서는 표(飄)라 하는데, 전신의 근육과 관절이 송개(松開)하는 것을 뜻한다.

준비를 마친 소량이 다시 한 번 심호흡을 했다.

"후우—"

곧이어 소량의 호흡 자체가 숨을 쉬지 않는 듯 사라졌다.

진무극의 말대로 내력은 끌어올리지 않았지만, 몸에 붙어 버린 태허일기공의 호흡은 어찌할 도리가 없는 것이다.

가장 먼저 소량은 입문공으로 배웠던 육합권의 권로를 펼쳐 나갔다. 육합권을 가르치던 할머니의 카랑카랑한 목소리가 아직도 귓가에 생생했다.

"잘 듣고 따라 외워야! 만조가 되고 간조가 되듯이[潮起潮落], 느리게 일어나 먼저 닿게 하라[後發先至], 적보다 나를 주로 하여[以我爲主], 빠른 공으로 바로 취하라[快攻直取]. 몸을 붙이고 접근하여 때려[貼身籠打] 짧은 것으로 긴 것을 제압한다[以短制長]."

육합권은 처음에는 느리게 시작한다. 권로가 펼쳐지면 펼쳐질수록 점점 빨라지는데, 그 움직임이 교묘하여 도대체 언제 빨라졌는지 가늠할 수 없게 만든다. 본래 밀물과 썰물은 언제 바뀌었는지 모르게 바뀌게 마련인 것이다.

소량은 권의(拳意)를 충실히 좇아 초식을 펼쳤다.

하지만 첩신고타의 초식을 펼치기 시작하자 초식 자체가 사라져 버리고 만다. 마치 권법을 펼칠 줄 모르는 사람이 하는 것처럼 마구잡이로 주먹을 뻗는 듯했다.

'이런……'

아직 형을 온전히 얻은 것이 아니니 버려야 할 때가 되었을 리 만무한데, 벌써부터 형을 잊어가고 있었다. 무학이 늘어난 것인지 주화입마의 전조인지 알 수가 없다.

"허어, 몸이 이리 뻣뻣해서 어떻게 혀? 어째서 마보세부터 가르쳤는지 잊은 겨? 발이 요로콤 가야지, 요로콤!"

소량은 잠시 초식을 멈추고는 다시금 보법을 밟아갔다. 참으로 이상하게도, 태허일기공의 호흡만은 그대로였다.

"호흡을 빨리 하라는 말 못 들었냐잉! 완공이 나쁜 것만은 아니지만, 기기도 전에 날려구 하면 어디다 쓸려!"

"하하하!"
 소량은 저도 모르게 웃음을 터뜨렸다. 초식 하나를 펼칠 때마다 할머니가 떠오른 탓이었다.
 소량은 추억 속에서 육합권의 권로를 마쳤다.
 "할머니, 생각해 보면 제가 예전부터 초식을 잘 따라하진 못했었지요?"
 소량이 그리움 가득한 얼굴로 되뇌고는, 스스로가 한심하다는 듯 고개를 절레절레 저었다. 고작 한 차례 육합권을 펼쳤을 뿐인데 전신에 땀이 송골송골 맺혀 있었던 것이다.
 아예 웃통을 벗어던진 소량이 이번엔 검을 들어 올렸다. 육합권 다음에는 오행검을 펼쳐 낼 차례인 것이다.
 소량은 먼저 수검세의 기수식을 취했다.
 곧이어 크게 원을 그리듯 검이 춤을 추더니, 이내 물결을 그리듯 느릿하게 휘어진다. 한없이 부드럽게, 담기는 대로 그 형태가 변하는 물처럼 말이다.
 수생목(水生木)이라 했던가?

다음은 목검세의 차례다.

하지만 소량이 목검세를 펼치기도 전에 어디선가 헉, 하고 숨을 들이켜는 소리가 들려왔다. 소량은 씁쓸하게 웃으며 검로를 거두고는 주위를 슬며시 돌아보았다.

'운송자라 했던가? 결국 구경을 하러 온 모양이로군.'

고개를 돌려보니 몸이 호리호리한 사내가 왼손으로 얼굴을 가리고 정신없이 손을 휘젓는 것이 보였다.

"함부로 연무를 지켜보았으니 이 죄를 어떻게 갚지요? 아니, 그보다 일단 상의부터 입어주시면 안 되나요?"

그 목소리는 익히 아는 것이었다.

"제, 제갈 소저?"

소량이 당혹스러운 얼굴로 외치며 재빨리 벗어두었던 상의를 주워 입었다. 몸을 홱 돌려 주섬주섬 옷깃을 여미던 소량이 다급하게 외쳤다.

"갑자기 여기엔 어떻게… 소저는 현무당원이 아니잖소?"

"세상 구경 나왔지요."

제갈영영이 환하게 웃으며 어깨를 으쓱해 보였다.

장포를 두른 데다가 영웅건까지 쓰고 있으니 영락없는 소년으로만 보이는 그녀였다.

"춘부장께 허락은 받은 것이오? 현무당주께는?"

"현무당주는 돌아가라고 고함을 질렀지만, 아버지는 아마 허락하실 거예요. 오라버니 말씀을 들어보니 진 대협을 많이 믿고 계신가 봐요. 도대체 어떻게 하신 거예요? 아버님은 '믿어도 될 남자는 네 오라버니와 나뿐이다'라는 말을 달고 사시는 분인데."

무림맹의 군사이자 제갈세가의 가주인 제갈군이 소량을 보고 '믿어도 되겠다'고 판단한 것은 분명한 사실이지만, 이런 독특한 종류의 믿음은 아닐 터였다. 세상의 어느 아버지가 혼인도 안 한 딸을 외간 남자들이 가득한 곳에 보내겠는가.

"소저와 같은 딸을 둔다면 속이 시커멓게 타고 말 거요."

소량이 길게 한숨을 내쉬며 말했다.

"흥! 속이 타긴요. 사실 우리 아버지는 저를 너무 과보호하는 경향이 있어요. 저 역시 무가의 여식이자 강호의 여인, 규방에만 갇혀 있을 생각은 없다고요."

바로 그 때문에 가출을 단행했던 제갈영영이었다. 제갈세가를 떠나 무림맹까지 가는 길은 그녀 인생에 최고로 즐겁고 재미있는 여행이었다. 그 와중에 천애검협도 만났고 말이다.

"그보다 어떻게 인사도 없이 떠날 수 있어요, 진 대협?"

따지고 보면 그녀와 소량 사이에 특별한 교분은 없었지만, 제갈영영은 소량이 인사도 없이 떠났다는 사실에 왠지 모를 섭섭함을 느끼고 있었다.

그건 소량도 마찬가지였다. 그녀의 말에 소량은 '우리가 그렇게 친했던가?'라는 생각 대신 미안함을 느꼈다.

"호의로써 식사까지 초대해 주신 소저인데, 내 생각이 짧았구려. 혹시 화가 나셨다면 부디 용서해 주시기 바라오."

"미안하다면 됐어요."

제갈영영이 이제야 만족한 듯 혀를 날름 내밀었다. 그리고는 자신의 행동이 부끄러운지 허공을 보며 딴청을 한다.

민망하기는 소량도 마찬가지였다.

어느새 달이 서쪽으로 기울어져 있는데, 부부지간이 아닌 남녀가 어찌 이 시간까지 함께 있을 수 있겠는가.

"이만 돌아갑시다, 제갈 소저."

"아, 네! 얼른 돌아가요."

당황하고 있던 제갈영영이 성큼성큼 걸음을 옮겼다. 속으로 '남자 몸을 보고 할 말은 아니지만… 참 예쁘네'라고 중얼거리고는 저 혼자 얼굴을 붉히면서 말이다.

소량이 그런 그녀를 흘끔 돌아보며 말했다.

"현무당의 당주께서 알아서 하실 테지만… 어떻게든 방법을 찾아 무림맹으로 돌아가시오. 춘부장께서 걱정 많이 하고 계실 것이오."

"흐음, 돌아간다라—"

제갈영영이 콧노래를 부르듯 중얼거렸다. 그 모습이 자못 귀엽긴 한데 왠지 모르게 불길한 예감이 든다. 소량은 어쩌면 그녀가 돌아가지 않을지도 모르겠다고 생각했다.

결론부터 말하자면, 소량의 예감은 옳았다.

운현자는 다음 날 바로 무림맹에 전서구를 띄웠고, 사천의 광안(廣安)에 도착하면 무림맹 지부에 들러 호위무사들을 구성해 제갈영영을 돌려보내겠다고 엄포를 놓았다.

순순히 운현자의 말을 따르는 듯했던 제갈영영은 광안 어림에서 사라져 버렸다.

그녀를 찾아 주변을 수색해 보았지만 아무리 노력해도 행적을 찾을 수 없어서, 운현자는 무림맹의 지부에 대신 수색을 맡기고 다시금 장도에 나섰다.

제갈영영은 정확히 사흘 뒤, 일행의 뒤를 쫓아왔다.

운현자는 분노로 붉어진 얼굴로 그녀에게 '성도에 도착하면 숨지 말고 꼭 돌아가 달라'며 신신당부를 했다.

그녀는 성도에서 또다시 실종되었다.

그 즈음, 무림맹의 군사 제갈군에게서 서신이 당도했다.

요약하자면, '딸아이는 진법에 재주가 있어 숨고자 하면 쉽게 찾을 수 없으니 뜻을 꺾기 어려울 것이오. 그 아이가 무서워하는 숙부들을 몇 보낼 터이니 일단은 데리고 있다가 그들에게 맡겨주시면 고맙겠소' 라는 내용의 서신이었다.

그렇게 제갈영영은 일행에 합류했다.

그리고 뻔질나게 소량을 찾아왔다.

소량이 '남의 연무를 지켜보는 것은 강호의 법도가 아니라 들었다'고 탓하였더니, 멀찍이서 큼직하게 헛기침을 내뱉거나 박수를 치는 등 인기척을 내기 시작했다.

남녀칠세부동석(男女七世不同席)이라 했더니 '아침에 만나면 되지 않겠냐'며 새벽이 되기를 기다려 찾아온다.

이상한 것은, 소량도 점점 그녀의 방문을 기다리게 된다는 점이었다. 아무리 초식을 수련해도 얻는 것이 없어 초조해질 때면 우스운 이야기를 꺼내는 그녀에게서 위안을 받곤 했다. 가끔 보이는 엉뚱한 모습도 결코 나쁘지 않았다.

무엇보다, 그녀와 함께 있을 때는 천애검협이니 진천검협이니 하는 거창한 사람이 아니라, 무창의 목공, 진소량으로 돌아간 것 같았다. 나뭇조각 하나를 들어 제비 한 마리를 조각하기 시작한 것도 그래서일 것이다.

그렇게 한 달이 흐른 후의 어느 날이었다.

소량이 수련을 끝내는 시간에 맞추어 나타난 제갈영영이 평소처럼 옆에 앉아서 별 시시콜콜한 잡담을 꺼냈다.

청성파의 운현자를 비롯한 현무당원과는 아직도 거리를 두는 그였지만, 제갈영영에게만은 그럴 수 없는지 소량은 미소를 지은 얼굴로 그녀의 말을 경청했다.

"그래서 어떻게 되었소?"

소량이 목각 제비의 날개 끝을 조각하며 질문을 던졌다. 소량의 제비를 호시탐탐 노리던 제갈영영이 얼른 대답했다.

"아버님께 크게 꾸중을 들었지요. 사실 아버님께서도 많이 당황하셨을 거예요. 집무실에 들어가기만 하면 시비들이 눈물범벅으로 찾아와 제발 살려달라느니, 작은 아가씨 좀 말려달라느니 하는데 얼마나 답답했겠어요. 그런데 그건 누구 줄 거예요?"

어린 나이에 진법의 묘용을 깨친 제갈영영은 신기한 마음에 그것을 가내에 설치한 적이 있었다.

덕택에 본관을 오가던 시비들은 안개와 함께 짧던 복도가 수십 배는 늘어나는 신묘한 경험을 해야 했다.

문제는 그녀가 생문(生門)을 가주의 집무실로 해두었다는 점이었다. 초췌한 안색을 한 채 제갈군을 발견한 시비들은 감히 본분조차 잊고 훌쩍이며 그에게 매달리기 일쑤였다.

"들어보니 혼날 만하구려."

"아버지께 꾸중 받는 것보다 시비들이 백안시 하는 것이 더 힘들었어요. 그때부터 은근히 챙겨주던 당과가 싹 사라졌다고요. 그런데 그건 누구 줄 거예요?"

"하하하!"

단도로 제비의 날개를 손질하던 소량이 크게 웃음을 터뜨렸다. 제갈영영은 웃음소리를 듣지도 못했는지 목각 제비만 기웃거렸다.

소량은 그녀의 심정을 알면서도 모른 체 입을 열었다.

"좋은 가족을 두었구려."

"그건 누구 줄… 그게 좋은 가족인가요?"

제갈영영이 눈을 몇 번 끔뻑였다.

"가솔을 보면 가풍을 안다 했소. 가솔들이 웃전을 공경하면서도 두려워하지 않으니 가풍이 어떤지 짐작할 만하오. 귀엽다 넘어가지 않고 엄히 꾸중하신 것도 마찬가지고."

"쳇."

제갈영영이 공연히 입술을 비죽거렸다.

소량은 고개를 절레절레 젓고는 다시금 제비를 조각하는 데 집중했다. 예전에는 장문(檣門)을 조각하는 것도 쉬엄쉬엄 해냈는데, 고작 몇 년 떠나 있었다고 제비 한 마리 조각하는 것도 힘에 부친다.

"진 대협의 가족들은 어떤 분이셨나요? 금협 진승조와 천지이괴 중 지괴 진유선이 동생 되신다 듣기는 했는데."

"동생들이라면 두 명이 더 있소. 바로 밑에 여동생이 있는데, 이름은 진영화라 하오. 요리에 솜씨가 있고 내 보기엔 미색도 고운 아이지. 넷째 동생의 이름은 진태승인데, 학문의 깊이가 깊어 내 평소 자랑으로 삼곤 했었소."

"어른들은요?"

제갈영영이 고개를 갸웃하며 물었다. 제비를 깎던 소량이 잠시 행동을 멈추더니, 씁쓸한 얼굴로 답변했다.
"오직 조모님 한 분이 계실 뿐이라오."
"한 분만요?"
제갈영영은 빤히 그를 바라보며 되물었다.
어찌 보면 무례하다 탓할 수 있는 질문이었으나 소량은 불쾌해하는 대신 당황스러운 얼굴로 그녀를 바라보았다.
참으로 이상한 소저였다. 자신의 가장 깊숙한 곳에 숨겨둔 마음들에 아무렇지도 않게 손을 뻗는 이상한 소저였다.
기이한 것은 그것이 조금도 불쾌하지 않다는 점일 것이다.
소량은 눈을 질끈 감고는 더듬더듬 중얼거렸다.
"나는, 나는 고아였소."
어두운 과거를 꺼내면서도 어째서인지 조금도 불편하지 않았다. 아니, 왠지 모르게 그녀에게만은 숨김없이 말해주고 싶었다. 그녀라면 천한 출신이라고 비웃지 않을 거라는 이유 모를 확신 같은 것이 있었다.
제갈영영이 아무런 말도 하지 않았으므로 잠시 침묵이 흘렀다. 약간은 어색하고 약간은 따듯한 그런 침묵이었다.
"어릴 적에는 동생들의 허기 진 눈을 참으로 두려워했소. 무창의 하통은 참혹한 곳, 굶어죽는 사람들이 부지기수로 많았기에 동생들도 그리될까 봐 겁을 먹었던 것 같소. 신기하게도 배불리 먹으면 오히려 배가 고팠고, 내 몫을 나누어주면

배가 불렀었지."

소량은 목각 제비를 어루만지며 말을 이어 나갔다.

고사리 같은 손으로 주워 모은 나뭇가지를 팔러 나갔다가 크게 매를 맞은 이야기, 다 낫지도 않은 상태로 절뚝거리며 나갔던 첫 번째 구걸, 운수 좋게 고기를 얻었다 했더니 상한 것이라 배앓이를 하게 되었다는 이야기까지.

하통의 아낙들을 찾아가 막내 유선에게 젖을 달라고 졸랐다가 몰매만 실컷 맞고 돌아와 울면서 염소젖을 먹였다는 이야기를 듣자 제갈영영의 눈에 눈물이 고였다.

"그러다가 조모님을 만나게 되었소. 갑자기 우리들을 손자라 부르던, 절대 떠나지 않을 것이라 약속하신 분이라오. 그때부터 나는 행복해졌소. 미래도 생겼다오. 언젠가 나이를 먹으면 영화를 시집보내고, 승조에게 작은 점포를 열어주고, 태승을 가르치고 유선에게 비단옷을 해주려 했었소. 조모님을 모시고 무한삼진에서 뱃놀이를 해보는 것도 꿈이었소."

소량이 말간 얼굴로 웃으며 몇 가지 이야기를 첨언했다. '사실 할머니를 모시고 황산(黃山)인가 하는 곳을 구경 가고 싶었는데, 여비가 부족했다오' 같은 이야기들이었다.

소량의 말이 길어질수록 제갈영영의 가슴이 시큰거리기 시작했다. 듣다 보니 절로 한 가지 의문점이 생겨난 것이다.

그의 꿈 중에, 자신을 위한 꿈은 없었다.

'그럼 당신은요?'

왜 동생들에게 나누어줄 생각만 하고 스스로를 돌볼 생각은 하지 않을까. 그렇게 다 양보하고서 어떻게 이렇게 환하게 웃을 수 있는 것일까.

동생들을 돌보며 그 나이에 담아서는 안 될 근심들을 담고 살았을 소년을 생각하자 가슴이 꽉 막혀왔다.

'왜 당신을 위해서는 아무것도 하지 않나요?'

강호에 나와서도 그는 나누어주기만 했다. 상처 입고 혼란스러워하면서도 그는 끝내 손을 내밀었다.

도대체 어떻게 그럴 수 있었을까.

"당신은 어떻게 협객이 될 수 있었지요?"

생각이 말로 새어 나오고 말았나 보다. 제갈영영은 제가 꺼낸 말에 제가 놀라 당혹스러운 표정을 지었다.

그렇지 않아도 막 할머니의 실종과 강호출도를 이야기하던 소량이 어깨를 축 늘어뜨렸다.

"알고 보면 모두 허명일 뿐이오."

춘추(春秋) 시절에는 대의(大義)를 믿고 인의예지신(仁義禮智信)으로써 실천하는 군자(君子)가 있었다고 한다.

누가 뭐라고 겁박해도 물러서지 않고 그 뜻을 관철시키며 가족과 제 모든 것, 심지어 목숨까지 잃어도 의로움에서 벗어나지 않는 대인(大人)이 있었다고 한다.

"나는 군자가 아닌 범인(凡人)에 불과하다오."

신도문주와 결탁해 나전현을 수탈하던 현령을 보고도 소량은 나서지 않았다. 반역의 죄는 구족을 멸하는 법, 어느 범인처럼 소량도 두려워했다. 그것이 정도(正道)인데도 불구하고 일신의 안위를 먼저 구하고 싶었다.

후에 작은 깨달음을 얻어 용기를 내지 않았더라면, 평생 부끄러움을 품고 살아가는 소인배가 되었으리라.

"연호진을 구할 때도 내 목숨 먼저 구명코자 하는 마음이 없던 것은 아니었소. 얼마 전 무림맹에서도 갈등은 있었던 것 같소. 나는 대협 같은 사람이 아닌 일개 무인일 뿐이오.

""그럼 정말로 자신의 안위를 구하지 그랬어요?"

잠시 무거운 침묵이 흘렀다.

침묵 속에서 소량이 쓸쓸한 얼굴로 미소를 지었다.

"누구라도 도와줘야 하는 거잖소."

나무꾼들에게 죽도록 매를 맞았던 어린 시절에는 아무도 도와주지 않았었다. 누군가 도와줄 것이라고 믿었는데, 조금만 참으면 어른들이 도와줄 것이라고 믿었는데.

"당신은······."

제갈영영은 저도 모르게 눈을 질끈 감았다.

비록 나이는 어리지만 그녀도 세상을 안다.

한때는 성현의 말씀처럼 돌아갈 것이라 믿었던 세상은 너무나 차가웠다. 사람들은 옳은 소리를 지껄이면서도 그대로 행하면 바보라 욕을 했다.

그래서 협객의 꿈을 꾸었으나, 강호에는 참된 협객 역시 없었다. 더 강한 무공을 탐하는 무인과, 협객 행세를 하며 금력과 권력을 노리는 자들이 있었을 뿐.

그러다가 천애검협을 만났다.

어린아이 하나를 위해 제 목숨마저 도외시하고 도천존에 맞선 무인. 마인들이 백성들을 죽이려 하자 상처를 마다않고 뛰어든 협객. 어린 아이들의 목숨을 탐하던 악인과, 백성들을 수탈하던 현령의 앞을 거리낌없이 막아선 의인(義人).

그를 알고 싶었다.

'당신은 그렇게 협객이 되었군요.'

이제 그녀는 진소량이라는 인간을 조금이나마 알게 되었다. 옛 이야기에서 툭 튀어나온 영웅인 천애검협이 아니라, 두려워하면서도 끝내 한 걸음을 내딛는 진소량이라는 인간을.

그러자 가슴이 시리도록 아파왔다.

'그렇지만, 그렇지만… 당신은 행복한가요?'

어린 시절에는 동생들에게, 커서는 백성들에게 자신을 나누어주는 이상한 사람. 그렇게 나누어주다가 언젠가 사라져 버리고 말 것 같은 불안한 사람.

'그렇게 다 나누어주고 나면 외롭지는 않은가요?'

하나도 외롭지 않다는 듯 담담한 얼굴로 소량이 웃었다. 그렇게 자신을 희생한 끝에 목숨이 경각에 달했을 때에도 그는 오히려 기뻐하며 지금처럼 웃음을 지었을 것이다.

제갈영영은 어린아이처럼 울고 싶은 기분을 느꼈다.

"으흠, 흠."

그런 제갈영영의 모습에 소량이 당황한 표정을 지었다.

어두운 과거를 꺼내는 것이 아니었나 보다. 자신이었더라도 그녀처럼 어찌 위로해야 할지 몰라 허둥댔으리라.

소량이 헛기침을 큼큼 내뱉고는 말했다.

"잘은 되지 않았지만, 사실 소저께 드리려던 것이라오."

제갈영영은 멍하니 그가 내민 제비를 바라보았다.

소량이 말간 얼굴로 미소를 지어 보였다.

"예전에는 좀 더 잘했던 것 같은데……."

제갈영영은 천천히 그것을 받아 들었다.

목이 메어 아무런 말도 할 수가 없었다.

第六章
흑수촌(黑水村)

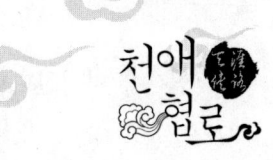

1

 해가 지지도 않았는데 하늘이 어둑어둑해지더니 어느새 비가 한두 방울 떨어지기 시작했다. 현무당의 무인들은 그냥 비를 맞거나, 우의(雨衣) 따위를 입고 길을 재촉했다.
 가장 선두에서 느릿하게 말을 몰던 송풍검 운현자가 우의를 제치고는 못마땅한 얼굴로 뒤를 돌아보았다.
 '하! 과하게 예의를 차리는구나.'
 천애검협은 그냥 비를 맞는 쪽이었다. 영웅건으로 머리를 꽉 감싼 후 비를 맞으며 길을 가는데, 승마를 배운 적이 없다더니 말을 타는 모습이 자못 느긋해 보인다.

'협객을 자처한다더니 이번에도 양보를 한 모양이로군.'

여태껏 들린 마을에서도 천애검협은 절대고수의 풍모를 보이는 대신 소박한 모습을 주로 보였다.

어린 아이들이 지나가면 미소를 짓고 머리를 쓰다듬어 준다거나, 점소이가 인사를 하면 거만하게 받는 대신 같이 머리를 숙인다거나 하는 모습들이었다.

백성들과 어울리고 있다는 것을 과시하려는 것이 아니라면 무엇하러 그리하겠는가.

'아니면 우리와는 다르게 보이고 싶은 것인가?'

제갈세가의 여식을 제외하면 현무당의 무인과 거의 대화를 나누지 않는 그였다. 처음 장도에 나설 때만 해도 이렇게까지는 생각하지 않았는데, 지금은 그냥 자신들을 피한다고 볼 수밖에 없다. 우의를 입지 않는 것도 자신들과 다르게 보이기 위함이 아닌가 싶기도 하다.

'그것도 아니라면 내가 생각이 많은 것뿐인가……'

운현자가 눈을 지그시 감고 그렇게 생각할 때였다. 따각따각 소리와 함께 사제인 운송자가 가까이 다가왔다.

"천애검협은 그냥 비를 맞고 가겠답니다. 우의를 주었더니 금방 장(張) 도우(道友)에게 양보하더라고요."

그렇지 않아도 현무당과 어색한 사이인지라 사소한 호의라도 보이려 한 것인데, 상황이 이렇다 보니 소량의 호의를 호의로 받아들이지 못하는 운송자였다.

"쳇, 협객이라더니 마음에 걸리나 보지."

운송자가 퉁명스럽게 말했다.

"그만. 말투가 너무 험하구나."

"하지만 사형……."

"스승께서 언제부터 호의를 무시하라 가르쳤더냐? 장 도우라면 이번에 육풍문(六風門)에서 새로 입단한 소협을 말하는 모양인데, 내가 보아도 마음이 쓰이더구나. 기왕 이리된 거, 나도 벗어야겠다. 우의가 없는 도우들께 가져다 드려라."

운현자가 우의를 홱 벗어 운송자에게 건네었다. 운송자는 '사형은 마음씨도 좋지'라는 표정으로 입술을 비죽거렸다.

"그럼 저도 벗겠습니다. 어차피 흑수촌까지 얼마 남지 않았으니 비를 맞든 안 맞든 무슨 소용이겠습니까?"

운송자가 우의를 벗으며 주위를 흘끔거렸다.

무학이 경지에 오르면 한서불침(寒暑不侵)이 된다지만, 그런 경지에 이르기가 어디 쉽겠는가? 몇몇 무인들은 비에 젖을 대로 젖어 얼굴이 창백해져 있었다.

운송자는 그런 자들을 찾아 우의 두 벌을 건네주었다.

그동안 운현자는 다시 한 번 소량을 돌아보았다.

소량의 어깨에서 물안개 같은 것이 피어오르고 있었다. 신묘한 재주로 말 위에서 운기를 하는 모양인데, 그 여파로 인해 물방울이 튕겨 나가고 있는 듯했다.

'무학 하나만은 참으로 대단하구나.'

현무당이 추위에 떠는 것은 결코 무예가 부족해서가 아니었다. 현무당에도 검기를 일으킬 수 있는 자들이 많이 있거니와, 검기까지는 아니더라도 일신의 기예가 뛰어나 문파의 기대를 한 몸에 받는 후기지수들도 있다.

다만 천애검협이 뛰어나도 지나치게 뛰어날 뿐이다.

'저리 뛰어나니 우의를 양보한 것일 테지, 설마하니 호의를 무시하려 그랬을 리가 있겠는가? 운현자야, 운현자야. 이것은 절대로 밉게 볼 일이 아니다.'

사제에게는 곧게 말해놓고 정작 제 마음은 혼란 속으로 빠져드는 운현자였다.

어쩌면 자신보다 연배가 어린 천애검협이 월등한 무위를 가지고 있다는 것에 질투를 느끼고 있는 것일지도 모른다.

"무량수불, 무량수불."

운현자가 혼란스러운 마음을 다잡으려 도호를 읊조렸다.

일행은 그렇게 세 시진을 더 나아갔다. 그렇지 않아도 험난하기 짝이 없는 촉도(蜀道)가 빗물로 인해 질척거렸다.

한 시진이 지났을 즈음엔 모두가 말에서 내렸고, 두 시진이 지났을 즈음엔 유일하게 남아 있던 마차마저도 버렸다.

시간이 늦어 술시(戌時) 말이 되었을 무렵, 마침내 불빛이 보이고 마을이 모습을 드러냈다.

서른 호(戶)나 됨 직한 작은 마을이었는데, 부근에 계단식으로 만들어진 밭과 제법 그럴듯한 농지가 보였다.

"저곳이 흑수촌인가?"

"예, 그렇습니다. 물색이 거무스름한 샘이 있어 흑수촌이라 불렸다던데, 반백 년 전에 불길하다 하여 막아버렸다 합니다. 혈마곡의 난이 끝난 후부터 지금에 이르기까지 쭉 무림맹의 무인들이 활동하던 곳이기도 하지요."

운현자의 질문에 운송자가 대답했다. 이미 서류를 통해 흑수촌에 대한 정보를 어느 정도 알고 있었던 운현자는 '다 안다, 이 녀석아'라고 중얼거리다가 이내 미간을 찌푸렸다.

"한데 지부가 있다는 소리는 못 들었는데?"

"하하! 지부는 없습니다. 맹에서 자주 들린다뿐이지요."

운현자가 피식 웃고는 먼저 말을 몰아 마을로 내려갔다.

마을에 가깝기는 한 모양인지 곧 그럴듯한 관제묘가 보이더니, 이내 길이 평탄해지기 시작했다.

커다란 노송을 끼고 돌아가자 추레하지만 나름 튼튼하게 보이는 모옥들이 모습을 드러냈다. 그 앞에는 한 명의 노인이 우의를 뒤집어 쓴 채 맨발로 서성이고 있었는데, 그는 말과 무인들을 보자마자 반색하며 달려왔다.

"어이쿠, 오늘이나 내일쯤 오실 것 같더라니."

"촌장 되십니까?"

말에서 내린 운현자가 대표로 질문을 던졌다. 앞니가 두어 개 없긴 하지만, 푸근한 인상을 한 노인이 머리를 숙였다.

"윤가(尹家)라 부르시면 됩니다. 얼마 전에 무림맹 지부 분께서 기별을 주고 가셔서 며칠이나 기다리던 참이었습죠. 이쪽으로 오시지요, 객잔은 없지만 묵으실 곳이 있습니다."

혈마곡을 감시하기 위해 무림맹의 무인이 자주 드나들었던 탓에 마을에는 그럴듯한 객관(客館) 하나가 만들어져 있었다.

총 세 채로 이루어진 가옥이었는데, 뒤편으로는 부족하게나마 연무장도 만들어져 있다. 예상보다 훌륭한 모습에 피곤에 지쳐 있던 현무당원들이 짧게 감탄을 토해냈다.

"여름이라 숯이 없긴 하지만, 화로에 불 좀 지펴놓았습니다. 이 시기에는 갑자기 비가 오는 경우가 많아서 자주 몸이 젖곤 하지요, 흘흘."

"윤 촌장의 노고에 감사드립니다."

운현자가 다시 한 번 읍해 보이고는, 옷을 벗어 꽉꽉 짜내고 있는 무인들을 돌아보았다. 바랑이 몽땅 젖어 입을 옷이 없기에 그들은 젖은 옷을 그냥 다시 입고 있었다.

물론 일행 중 유일한 여인인 제갈영영은 이미 동쪽의 객관으로 사라진 후였다.

운현자는 다시 촌장에게로 고개를 돌렸다.

"머무는 동안 끼니를 좀 부탁드릴 수 있겠습니까? 물론 공으로 먹고자 하는 것은 아니옵고, 반드시 사례하겠습니다."

"염(廉)씨 과부가 요리에 재주가 있습지요. 마침 홀몸이고 하니 부탁드리는 것은 어려운 일이 아닙니다. 한데 사례라 하심은……."

"전표로 하는 것이 어떨까 합니다만."

촌장이 난색을 표했다.

"이 마을을 평생 못 벗어나는 무지렁이들이 태반인데 전표가 무슨 소용이 있겠습니까? 게다가 무림맹 분들이 주시는 전표는 사천에서는 무용지물인 경우가 많습니다요."

무림맹 무인들을 자주 만나봤다더니, 과연 말투에 거리낌이 없는 촌장이었다. 운현자는 무심한 표정으로 듣고만 있었지만 사제인 운송자는 달랐다.

"말씀이 심하시구려. 이분은 현무당의 당주……."

"그만."

운현자가 문가에 서 있는 소량을 바라보며 운송자의 말을 막았다. 시선을 느낀 소량이 씁쓸한 얼굴로 고개를 숙였다.

운현자가 눈을 지그시 감고 도호를 읊조리더니, 이내 촌장에게 고개를 끄덕여 보였다.

"날이 맑아지면 사제를 보내어 금은(金銀)을 마련해 오리다. 며칠 후에 삯을 받으셔서도 괜찮으신지요?"

"암요, 도사님. 크게 복을 받으실 것입니다요."

일개 백성이 무림맹의 무인에게 하는 것치고는 건방지다 말할 수 있는 요구였다. 촌장 스스로도 그것을 아는지, 그는 눈에 띄게 안도한 얼굴로 몇 번이나 고개를 숙였다.

"하면 식사부터 부탁하리다. 원로장도에 동도들의 허기가 만만치 않다오."

"예, 금방 마련해 오지요."

얼른 대답한 촌장이 총총걸음으로 객관 밖으로 나가다가, 문가에 서 있는 소량을 발견하고는 묘하게 눈빛을 빛냈다.

새로 온 일행이 어떤 사람들인가 파악하려면, 말단 하나를 골라잡아 은근슬쩍 캐물어보면 되는 것이다.

"이보우, 협사님. 괜찮으시면 좀 도와주지 않으시려오?"

그 순간 주변의 분위기가 싸늘해졌다.

천애검협이 아무리 백성과 가깝다지만 천하에 드문 고수이니, 그가 일을 한다면 다른 이들이 어찌 편히 쉴 수 있겠는가.

촌장이 창백해진 얼굴로 침을 꿀꺽 삼켰다.

"아니지요, 제가 미쳤나 봅니다요. 어찌 협사님께 도와 달라 청할 수가 있겠……."

"원한다면 가보시오."

촌장의 말이 끝나기도 전에 운현자가 소량을 바라보며 말했다. 소량은 씁쓸한 얼굴로 그들을 바라보다가 차라리 빠져나가는 것이 낫겠다고 여겼는지 고개를 끄덕여 보였다.

소량과 촌장이 객관을 나서자 긴 한숨 소리가 들려왔다.

그 소리를 들은 촌장은 연신 소량을 흘끔거렸다.

"이보우, 협사님. 이번에 오신 분들은 우애가 남달리 돈독하신가 보오. 잠시 일을 도와 달라 했을 뿐인데 이리 화를 내시는 것을 보니 틀림없이 그러한 게지요."

소량으로서는 할 말이 없었다. 무림맹에서 크게 일을 벌인 덕택에 그렇지 않아도 초면인 사이가 더욱 어색해진 셈인데, 그것을 어찌 말로 다 설명하겠는가.

소량은 그냥 긍정하는 쪽을 택했다.

"예, 아마 저를 배려해 주신 모양입니다."

"좋으신 도사님이구려, 좋으신 도사님이야! 사실 어떤 분이 오실까 얼마나 걱정을 했는지 모른다오. 그래, 모시기에 좀 편한 분이시오?"

소량의 표정이 순후해 보이자 촌장의 얼굴이 활짝 펴졌다. 내친 김에 소량을 살살 굴려 이번 일행에 대해 알아보려는지 은근한 표정을 짓기도 한다.

"실은 말이오, 작년 농사가 흉년이었던지라 먹을거리가 부족하다오. 내 감히 무례를 저지를 각오를 하고서 은자 타령을 한 데는 그런 이유가 있지. 때마침 오신 분들이니 귀히 모시고 덕택에 우리 목숨도 좀 구명해 보려 그러오."

"안 그래도 부근이 모두 궁핍해 보이더군요."

소량이 근심 어린 표정으로 마주 고개를 끄덕였다.

촌장이 혀를 끌끌 찼다.

"동북쪽이나 쌀이 나오지, 이렇게 외진 데서 뭐가 나오겠습니까? 그렇지 않아도 어려운데 흉년까지 들었으니 먹고살기가 얼마나 팍팍한지 모릅니다."

"너무 심려치 마십시오. 저도 잘은 모르긴 하지만… 아마 운현 도장께서 잘 대해 주실 것입니다."

"그렇습니까?"

촌장이 앞니가 빠진 얼굴로 히죽 웃더니 어느 모옥으로 소량을 안내했다. 이번 일행에 대해 물으려던 것일 뿐, 진짜 소량에게 일을 시킬 생각은 없었던 촌장이었다.

"능소(綾小)야! 능소야!"

모옥에 당도한 촌장이 서둘러 그 안으로 들어가며 외쳤다. 안에서 부스럭대는 소리가 들리더니, 이내 졸린 눈을 한 장한이 얼굴을 들이밀었다.

"으응."

"서둘러 요리 좀 해야겠다, 서둘러."

"왜에?"

"왜긴 이 멍청한 놈아, 무림맹에서 협사님들이 왔으니 모셔야 할 것 아니냐! 우리 흑수촌의 생존이 걸린 문제니 어서 그 모자란 엉덩이 떼지 못하겠느냐? 내 얼른 가서 염씨 과부를 불러올 테니 먼저 소채라도 좀 볶고 있어라, 응?"

능소는 그제야 자리에서 일어나 조방으로 향했다.

"쌀 없는데."

능소가 작은 목소리 하나를 남기고 조방으로 사라지자, 촌장이 소량의 등을 툭툭 두드리며 말했다.

"기왕 오신 김에 식탁에 앉아 화톳불이나 좀 쐬시구려. 내 잠시 가서 염씨 과부를 불러올 터이니 객관으로는 함께 돌아가십시다. 괜찮겠지요, 협사님?"

워낙에 애절하게 말하니 소량으로서도 고개를 끄덕일 수밖에 없었다. 촌장이 총총걸음으로 모옥을 빠져나가자 소량은 천천히 조방 쪽으로 향했다.

조방에 선 능소는 잘 마른 지푸라기로 불씨를 살리고는 장작을 넣어 순식간에 불을 붙였다. 그리고 권태로운 표정으로 들깨에서 짠 기름을 철과에 넣고 휘휘 돌리기 시작한다.

"형장의 솜씨가 훌륭하십니다."

소량이 작게 감탄을 토해내자 능소가 고개를 돌리더니 히죽 웃었다. 그리고는 철과에 소채를 넣어 볶기 시작하는데, 손목만으로 철과를 돌리는 모습 또한 훌륭했다.

그 사이, 촌장과 염씨 과부가 달려 들어왔다.
"야밤에 도착할 줄은 몰랐네, 정말."
흑수촌과 같은 외진 곳은 해가 지면 그 길로 잠에 빠져드는 사람이 많다. 염씨 과부도 일찍 잠자리에 들었다가 깼는지 눈이 벌겋게 충혈되어 있었다.
"어이쿠, 협사님……."
소량을 발견한 염씨 과부가 당혹스러운 표정을 짓더니 이내 머리를 숙여 보였다. 그녀가 고개를 들자마자 촌장이 뒤에서 엉덩이를 쿡쿡 찔렀다.
"협사님께 인사를 드렸으면 얼른 요리를 하란 말이야, 이 요망한 할망구야."
"서두를 테니 염려 마우, 염려 마."
염씨 과부가 어색하게 말하고는 서둘러 능소에게로 달려갔다. 그러면서 촌장에게 눈짓을 주는데, '왜 데려왔느냐'는 뜻인 것 같다. 촌장은 '말단이니 괜찮다'고 염씨 과부에게 속삭이고는 괜히 미소를 지으며 어깨를 들썩였다.
"한데 협사님. 일행 중에 북방(北方) 사람이 많은지요, 남방(南方) 사람이 많은지요? 만두를 찌는 게 나을지 미반(米飯: 쌀밥)이 나을지 모르겠습니다요."
소량은 싱겁게 미소를 지었다. 본래 무림인들은 남방식으로 먹거나 북방식으로 먹거나 크게 따지지 않는 법이다.

"아무것이나 괜찮을 것입니다."

그렇게 말을 하고 보니 왠지 모르게 마음이 푸근해진다. 소량 본인이야 남방 사람이지만, 사람 냄새 나는데 남방이고 북방이고 서촉(西蜀)이고 따질 일이 무엇인가 싶다. 마치 무창에라도 돌아온 듯한 기분에 소량은 식탁에 손을 기대었다.

"진 대협!"

그 순간, 우의를 뒤집어 쓴 제갈영영이 모습을 드러냈다. 누가 천애검협을 말단 무인으로 알고 데려갔다기에 옷을 갈아입자마자 뛰어나온 그녀였다. 그녀는 촌장과 염씨 과부, 능소에게 머리를 숙여 보이고는 소량의 옆에 가서 앉았다.

"천하의 천애검협이 조방 일을 도우러 왔다는 것을 알게 되면 강호의 호사가들이 뭐라 할까요?"

제갈영영이 작은 목소리로 속삭였다.

천애검협은 당금천하를 위진하는 고수로, 호사가들은 검천존, 도천존, 창천존으로 이루어진 삼천존과 무림맹주, 일검자, 무당검선으로 이루어진 삼후제(三後帝)에 천애검협을 붙여 강호칠대고수니 뭐니 하고 부르는 실정이다.

"본래 나는 목공이니 어색할 것이 뭐가 있겠소?"

소량이 역시 작은 목소리로 대답했다. 그리고는 일부로 코끝을 찡긋해 보이며 어설프게나마 농담을 건넨다.

"하지만 내 가족들이 들으면 틀림없이 박장대소를 할 거요. 사실 집에 있을 적에는 귀찮아 조방에는 얼씬도 않았다오."

제갈영영이 쿡쿡 웃음을 터뜨리자 촌장과 염씨 과부가 그녀를 흘끗거렸다. 그리고는 저들끼리 뭐라 쑥덕대는데, '오다가다 연분이 난 모양이야, 잘 어울리는군' 등의 내용이었다.

소량은 공연히 헛기침을 터뜨렸고, 제갈영영의 얼굴은 순식간에 붉어졌다. 무공을 익힌 그들이 범인의 속삭임을 듣지 못할 리가 없는 것이다.

다만 그들이 일부러 숨겨 말하니 아는 척을 할 수가 없다.

어색해하던 제갈영영이 얼른 화제를 돌렸다.

"오랜만에 맡아보는 쌀 냄새로군요! 서촉에 들어선 이후로 매운 음식을 주로 먹어서 속이 쓰리던 참이었는데."

그녀 역시 남방 사람이다 보니 단 맛이나 담백한 맛을 좋아하고 면보다는 미반을 더 좋아한다. 최근에는 면을 주로 먹은 탓에 미반 냄새에 회가 동한 그녀였다.

눈치만 보던 염씨 과부가 조심스럽게 말했다.

"호남 사람이 매운 것을 두려워하지 않는다 말하면 사천 사람은 맵지 않은 것을 두려워한다고 응수한다우. 고추기름도 조금 있는데, 어떻게, 초반(炒飯)이라도 볶아 드릴까?"

제갈영영이 코를 감싸 쥐고 죽는 시늉을 하자 옆에서 소량이 크게 웃음을 터뜨렸다. 현무당과 함께하던 숨 막히는 여행 속에서 작게나마 여유를 찾은 기분이었다.

2

 집을 떠나 삼사 년을 외지로 돌았기 때문일까, 아니면 갑갑했던 무림맹을 벗어나 숨통이 트였기 때문일까?
 지난밤엔 간만에 깊이 잠들 수 있었던 소량이었다.
 이른 아침에 깨어난 그는 평소처럼 운공을 시작했고, 운공이 끝났을 즈음엔 어스름히 해가 떠올랐다.
 아침부터 능소를 찾는 소리가 들려왔다.
 "능소야! 능소야아!"
 소량은 부지불식간에 창문을 열고 밖을 바라보았다. 통나무 몇 개를 얼기설기 엮어 만든 창문 너머로 어느 이름 모를 사내가 버럭버럭 고함을 지르고 있었다.
 "간밤에 비가 그렇게 많이 왔는데 무얼 하고 있는 게야? 뒷산에 물길이라도 내야 마을 바닥이 안 젖을 거 아니냐?"
 흑수촌의 뒷산에는 제법 큼지막한 내가 흐르고 있는데, 비가 많이 와서 너비가 넓어지게 되면 반드시 새어 나와 마을 후미에 있는 집 서너 호의 바닥을 적신다.
 "응, 지금 가."

능소가 마을 구석에서 히죽히죽 웃으며 나타났다.
 방금 전까지 거름을 정리하고 있었는지, 그의 전신에서 구린내가 진동했다.
 "어이쿠, 냄새. 어서 가봐, 어서."
 사내가 능소의 등을 탁탁 치고는 제 집으로 돌아갔다.
 함께 일을 갈 줄 알았는데, 능소에게만 맡기고 사내는 뒤로 빠지는 모양새였다.
 소량은 그 모습을 의아하게 바라보다가 옷가지를 추스르고 객관 아래로 내려갔다. 이미 이른 아침에 잠에서 깬 무인들이 소량을 보고는 가볍게 묵례했다.
 "천애검협."
 객관 입구에서 송풍검 운현자가 소량에게로 다가왔다.
 작게나마 단을 만들어 원시천존(元始天尊)과 영보천존(靈寶天尊), 도덕천존(道德天尊)께 제를 지내고, 조만공과경(早晚功課經:선행들을 적은 경전)까지 읽고 나온 운현자였기에 전신에서 향냄새가 물씬 풍겼다.
 "오늘부터 현무단의 임무가 시작되오."
 소량이 아무런 말없이 고개를 끄덕였다.
 "최우선으로 여길 것은 혈마곡에 대한 정보를 얻는 것이오. 과거의 혈란 때 가장 큰 역할을 했던 남궁세가와 화산파, 곤륜파가 습격당하고 수많은 중소문파가 멸문을 당했지만……."

 차마 뒷말을 꺼내기가 어려웠는지 운현자가 눈을 지그시 감았다. 수많은 피가 흘렀으나 아직 혈란은 열리지도 않은 셈이었다. 혈마 본인이 움직이지 않았고, 오행마를 제외하면 고수라 할 만한 마인들도 아직 모습을 드러내지 않았다.

 "하여 스물의 무인들을 청해로 보내려 하오. 우리는 그곳에서 활동하고 있는 비각림의 무인들과 접촉하여 정보를 얻어낼 것이오. 진무신모에 관한 일은 두 번째 일이오. 열 명의 무인을 사천과 청해 사이의 관도로 보낼 것이오. 그들의 재주 역시 뛰어나니 틀림없이 찾아낼 터. 그러면 천애검협께서 직접 가서 확인해 보시면 되외다."

 고작 서른 명이 출행할 뿐이니 부족해 보일 수도 있겠지만, 그들이 접촉할 비각림의 무인들을 포함하면 삼, 사백 명이 움직이는 셈이다.

 "부디 잘 부탁드리겠소."

 소량은 문득 가슴이 벅차오르는 것을 느꼈다.

 할머니를 찾으러 나와 강호를 떠돌다가, 남궁세가에 이르러서야 그녀를 만났다. 그러나 그녀는 금세 다시 실종되어 버리고 말았고, 소량은 다시 그녀를 찾아 나전현, 무림맹을 거쳐 이 먼 사천까지 오게 되었다.

 이제 머지않아 할머니를 만날 수 있으리라.

"한데 진무신모와는 무슨 관계요?"

 운현자가 그런 소량을 의미심장한 눈으로 바라보며 물었다. 진무신모는 이미 강호에서 잊힌 이름으로, 운현자가 알고 있는 것은 그녀가 무림맹주의 어머니라는 것밖에 없었다.

 그가 진무신모라는 이름을 다시 되새긴 것은 사천으로 떠나기 전에 받은 일검자의 귀띔 때문이었다. 그는 '진무신모야말로 혈마를 대적할 유일한 열쇠'라고 말해주었던 것이다.

 '무림맹주 진무극을 키워낸 사람, 그리고 어쩌면 천애검협을 키워냈을지도 모르는 사람……'

 운현자의 표정이 점점 굳어갔다.

"스승 되시오?"

 소량은 대답하지 않았다. 무림맹에서 모용세가와 부딪친 이후로 맹주와 자신의 관계를 더욱 밝히기 어렵게 되었다.

 맹주가 모용세가를 돕지 않은 이유가 천애검협이 조카이기 때문이라는 소문이 퍼지면 그렇지 않아도 맹론이 분열된 지금, 걷잡을 수 없는 문제가 생긴다는 주의를 들은 탓이었다.

 그렇다고 할머니를 부정할 생각도 없었다.

"말씀하기 어려우신 모양이로군. 그렇다면 대답하지 않으셔도 좋소. 여하튼 그때까지 천애검협께서 하실 일은 없소이다. 이곳에서 좋아하시는 수련을 하고 기다리고 계시구려. 무공이 필요한 일은 없을 테지만 말이오."

소량이 대답하지 않는 이유가 자신을 무시하기 때문이라고 여긴 운현자의 말투가 점점 퉁명스러워졌다.

운현자는 소량을 쏘아보다가 몸을 홱 돌렸다.

뒤에서 소량이 정중하게 장읍했다.

"잘 부탁드리겠소이다……."

그러나 그 말 역시 운현자의 귀에는 들리지 않았다.

"하아—"

소량은 그가 객관을 나선 후에야 허리를 펴고는 길게 한숨을 내쉬었다. 서영권에게 '과거는 지나갔으니 존재하지 않고, 미래는 다가오지 않았으니 없는 셈이다. 아직 다가오지 않은 미래의 일을 벌써부터 걱정할 필요는 없다' 라고 들은 적이 있긴 하지만, 불현듯 초조함이 느껴졌다.

'일단은… 할 수 있는 일을 해야겠지.'

소량은 검을 챙겨 들고 뒷산으로 올랐다.

그날로부터 며칠간, 소량은 오후가 되면 뒷산으로 나가 해가 떨어질 때까지 초식을 펼쳤다. 할머니가 지근거리에 있다는 사실을 인식했기 때문일까, 아니면 불안한 예감 때문일까. 평정을 찾으려 애를 썼지만 초조함은 점점 심해져 갔다.

제갈영영과 대화를 나누며 조금이나마 위안을 받긴 했지만 그것으로는 채워지지 않는 무언가가 있었다.

처음 오던 날 단잠을 잤던 것이 꿈인 것처럼, 악몽 속에서 깨어나던 때도 있었다. 할머니가 푸근하게 웃으며 한바탕 춤을 추던 꿈이었는데 그것을 보고 나면 왜 가슴 한구석이 섬뜩해지는지 스스로도 알 수가 없었다.

사정이 그러한데 무학이라고 다르겠는가?

"으음."

달포가 지났을 무렵, 평소처럼 뒷산에 나와 있던 소량이 어두운 얼굴로 고개를 숙였다. 그의 전신은 땀으로 흠뻑 젖어 있었는데, 찝찝해진 탓에 웃옷을 벗어버린 참이었다.

'초식의 형은 명확해지는 대신 오히려 사라져 갈 뿐이고, 내력을 제어하는 일은 아직도 쉽지 않구나.'

소량은 주변을 흘끔 돌아보고는. 아무도 없는 것을 확인하자마자 내력을 몇 차례 발출해 보았다.

우선은 검에만 내력을 담아보려 애썼고, 그 다음에는 반경 삼 장 내에만 내기를 풀어보려 애썼다.

쿵—!

수검세를 펼쳤는데도 나무 한 그루가 절로 넘어간다. 생채기 정도만 내려 했던 소량이 미간을 잔뜩 찌푸렸다.

내기를 푸는 것도 마찬가지, 삼 장은커녕 끝을 모를 정도로 퍼져 나가는 통에 소량은 서둘러 내기를 수습해야 했다.

소량의 안색이 점점 더 어두워졌다.

'백부께서는 왜 내력 없이 초식을 펼치라 하신 거지?'

지난 몇 달간 궁리에 궁리를 거듭해 온 소량이었다. 근 반 시진을 고요히 서 있던 소량이 다시금 검을 움켜쥐었다.

'다시 한 번.'

소량이 오행검의 수검세를 펼쳐 나갔다. 마치 물이 흐르듯 유유히 흐르던 검로가 점점 큰 규모로 성장했다.

목검세(木劍勢)!

만물이 생장하듯 커져만 가던 검로가 나뭇가지가 바람에 흔들리듯 휘어지더니, 이번엔 곧게 앞으로 뻗어 나간다.

그 순간, 검로가 불길이 일어나듯 거칠고 강렬하게 변해갔다. 목생화(木生火), 화검세가 펼쳐지기 시작한 것이다.

푸드덕.

어디서 이름 모를 새 한 마리가 홰를 치는 소리가 들려왔다. 화생금(火生金)이라, 불길처럼 흉포하게 번져 나가던 검로가 강철처럼 단단한 수비로 변할 쯤엔 인기척도 들린다.

"이런……."

수련을 방해받은 소량이 씁쓸한 얼굴로 한숨을 토해냈다. 아침부터 지금까지 벌써 네 시진째 초식을 수련해 왔으니 쉴 때도 되었거늘 남는 것은 아쉬움뿐이다.

소량은 뒷산에 나타난 사내 쪽으로 시선을 돌렸다.

"능형이로군요."

"협사님이다."

덫을 확인하다 소량이 수련하는 곳까지 왔던 능소가 멍한 얼굴로 머리를 꾸벅 숙여 보였다. 촌장이 '비록 말단이지만 무림맹의 무인이니 예를 갖추어야 한다'고 몇 번이나 말하는 바람에 저도 모르게 몸에 밴 예의였다.

그리고는 잠시 부근의 수풀을 뒤적거리는데, 다시 몸을 돌렸을 즈음엔 능소의 손에 꿩 한 마리가 잡혀 있었다.

"여전히 재주가 뛰어나십니다."

소량이 싱긋 미소를 지어 보였다.

숫자는 열까지밖에 세지 못하고, 말투도 어눌하고, 조금만 복잡한 이야기가 나오면 어리둥절한 얼굴로 도망치는 능소였지만, 그에게는 남들과는 비교할 수 없는 재주들이 많았다. 아니, 흑수촌 자체가 능소가 없으면 돌아가지 않는 것 같았다.

능소는 누구도 하기 꺼려하는 일을 도맡아서 했는데, 모아서 삭혀 놓은 거름을 퍼서 흑수촌 사람들에게 나눠주는 것부터가 그의 몫이었다. 그 다음에는 우물도 청소하고, 무너진 돌담을 보면 그것도 맞춰놓는데, 남들이라면 힘들어할 일을 아무렇지도 않게 척척 해낸다.

스스로 원해서 하는 일인지, 누가 시켜서 하는 일인지는 모르겠으나 사람들은 능소가 일하는 것을 당연하게 여겼다. 아니, 오히려 능소에게 잔심부름을 시키는 경우가 더 많았다.

"오늘은 어느 분 심부름을 나오신 것입니까?"

"장(張)형."

비가 내렸으니 물길을 내라고 성화를 부리던 사내의 이름이 바로 장석문(張石門)이었다.

소량의 미간이 슬며시 좁혀졌다.

사람의 가치가 무학으로 결정되는 것이 아니듯 지식이나 지혜로 결정되는 것 역시 아닌 법인데, 마을 사람들은 그가 우둔하다 하여 제멋대로 일을 시키곤 했다.

마음 같아서는 말리고 싶었지만, 반선 어르신께서 무어라 했던가? 그들에게는 그들의 삶이 있는 법, 평생 같이 머무를 것이 아니라면 말리는 것이 오히려 폐가 될 수 있었다.

"도와드리겠습니다, 능형."

"아니, 됐어."

능소가 반말을 툭 내뱉고는 단도를 꺼내어 꿩의 목과 발목을 땄다. 피를 뽑아낸 다음에는 배를 서걱 갈라 내장을 뽑아내는데, 깃털은 뽑지 않는 것이 바로 삶으려는 모양이었다.

그 몸놀림에 간결한 데가 있어 소량이 감탄을 토해냈다.

생각해 보면 무너진 돌담을 쌓을 때도 그의 움직임은 간결하기만 했다. 마치 필요한 만큼만 움직이는 것처럼. 우물 청소를 할 때도, 짚풀을 꼴 때도 간결하긴 마찬가지였다.

'마치 포정(疱丁)을 보는 듯하구나.'

장자(莊子)에 포정해우(疱丁解牛)라는 고사가 나오는데, 포정은 본래 백정이었다 한다. 문혜군(文惠君)의 명으로 포정은 소를 잡게 되었는데, 그 모습이 간결하고 소리마저 옛 음률에 맞으므로 문혜군은 그만 크게 감탄을 하고 말았다.

그가 어찌하여 그러한 도(道)에 이르렀냐고 물었더니, 포정은 '가죽과 고기, 뼈의 틈새와 빈 곳에 칼을 놀리고 움직여 소의 모습 그대로를 쫓아간다'고 답했다 한다.

꿩을 다 손질한 능소가 자리에서 일어나자 소량이 가볍게 묵례를 해 보였다. 그가 떠나면 다시금 연무를 할 참이었다.

그때, 번개처럼 무슨 생각 하나가 지나갔다.

'포정, 포정해우……'

소량의 입에서 이내 감탄사 하나가 터져 나왔다.

"결!"

유영평야의 혈사에서 얻은 깨달음이 무엇이었던가? 한 길만 보지 말고 천하를 둘러보라는 것이었다. 천지만물에 흐름이 있으니 그것을 거스르지 말라는 것이었다.

그러나 그 길은 너무도 쫓기 어려운 길이었다. 일신(一身)에 담아둔 거력이 오히려 행보를 방해했다. 그것을 제어하려고 애쓰느라 주위를 둘러볼 여력을 갖지 못한 것이다.

만물(萬物)은 무릇 상의상존(相依相存)하는 것인데 나[我]를 먼저 신경 썼으니 어찌하겠는가!

　내력을 거두고 초식만 연마해 보라던 백부의 말씀이 이제야 이해가 갔다. 초식의 정묘함보다 천지만물과의 화(和)를 염두에 두라는 뜻이었으리라.

　소량이 그렇게 상념에 빠져들 때였다.

"능소야! 능소야아!"

어디선가 장석문의 외침이 들려왔다.

"이 망할 놈, 숫자는 열까지밖에 세지 못하는 놈이 발 하나는 기가 막히게 빠르구나. 도대체 어디까지 기어간 거람?"

　소량과 능소의 시선이 뒤로 돌아갔다. 소로(小路) 대신 수풀을 뚫고서 장석문이 다가오고 있었다. 그는 자신이 여기까지 와야 했다는 사실이 분통 터진 듯 손가락질을 하고 있었다.

"여기 있었구나, 이놈! 몇 번을 불렀는데 왜 대답을 않느냐! 덫 다 보고 나면 돼지우리 좀 손봐 달라 말했지 않던!"

　능소가 히죽 웃으며 자리에서 일어났다. 능소가 꿩을 들어 올리며 '손질 해놨어'라고 하자 장석문이 빼앗듯 그것을 받아 들고는 뒤늦게 소량을 발견한 듯 묵례를 해 보인다.

"협사님도 계셨군요."

　소량이 씁쓸한 얼굴로 마주 묵례했다. 장석문은 그에게는 용건이 없다는 듯 능소에게 몇 마디 타박을 더했다.

흑수촌(黑水村)　173

"참, 그리고 토사(土砂)가 쏟아졌더라."
"어디에?"
능소가 황소 같은 눈을 끔뻑이며 되물었다.
장석문이 신경질적으로 뒷머리를 벅벅 긁적였다.
"너희 어머니 댁이더구나. 기왕 흉가처럼 된 거, 부숴 버리는 것이 차라리 낫지 않겠느냐?"
능소는 어리둥절한 듯 장석문을 바라보았다. 그러더니 곧 얼굴을 일그러뜨리며 닭똥 같은 눈물을 뚝뚝 흘려낸다.
"흐이이."
장석문이 큼지막하게 외쳤다.
"이 녀석아, 어머니 돌아가신 게 몇 년인데… 차라리 그거 부숴 버리는 것이 안 낫겠느냐 묻지 않느냐?"
십여 년 전, 어머니가 돌아가신 후 능소는 멀쩡한 집을 두고 옆집으로 집을 옮겼다. 옛집에는 제 손으로 위패를 깎아다가 놓아두었는데, 능소는 매일 아침이면 찾아가 제가 삐뚤빼뚤 써 놓은 위패에 고개를 꾸벅 숙이곤 했다.
향이 있으면 태우고 없으면 그냥 인사만 해도 됐다. 그렇게 인사를 올리고 어머니의 손때가 묻은 가구들을 히죽히죽 웃으며 구경하는 것이 능소의 일과의 시작이었다.
능소는 그 큰 덩치에 어울리지 않게 소매로 연신 눈가를 훔치며 흑수촌으로 느릿하게 걸음을 옮겼다. 마치 길가에서 넘어진 어린아이가 서럽게 울며 엄마를 찾듯이.
"엄마, 엄마아."
능소의 목소리가 쓸쓸하게 울려 퍼졌다.

第七章
귀천(歸天)

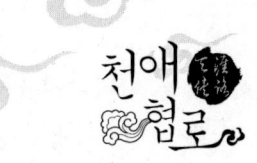

1

 다음 날 아침부터 흑수촌에서 능소가 사라졌다.
 아니, 엄밀히 말하자면 사라진 것은 아니었다. 그는 마을 귀퉁이에 있는 흙무더기 앞에서 흙을 퍼내고 있었으니까.
 그저 평소에 푸던 거름 대신 흙덩이를 푸고, 평소에 청소하던 돼지우리 대신 무너진 연자(椽子:서까래)를 옮길 뿐이다.
 그러나 마을 사람들은 능소가 사라졌다고 느꼈다.
 "능소야! 능소야아!"
 장석문이 목청껏 외쳤지만 히죽 웃으며 나타났어야 할 능소는 나타나지 않았다. 촌장도 '오늘따라 거름이 늦는다'고 투덜대며 목청껏 능소를 외쳤으나 결과는 마찬가지였다.

분기탱천한 장석문이 능소의 집으로 성큼성큼 걸어갔다.

"능소야, 이 멍청아!"

무너진 연자를 낑낑거리며 끌고 가던 능소가 멍하니 장석문을 바라보았다. 그리고 반가운지 히죽 웃음을 지어 보인다.

장석문의 얼굴이 일그러졌다.

"거름은 퍼오지도 않고 무얼 하느냐?"

"나 이거 해야 해."

장석문이 주위를 둘러보고는 답답하다는 듯 가슴을 쾅쾅 쳤다. 모자란 놈이지만 손 하나는 빨라서, 벌써 토사를 대부분 퍼내고 잔해들을 건져 내고 있다.

"이놈아, 이깟 폐가가 뭐라고 이 난리란 말이냐? 사람이 안 사는 곳은 본래 쉽게 상하고 무너지는 법이니라! 기왕 이리된 거, 하늘이 치워주었다 생각하고 잊어버려라. 잔해를 치우는 것이라면 일을 마무리하고 내 도와줄 테니, 응?"

"나 이거 해야 해."

"이 모자란 놈아, 말귀가 어찌 그리 막혔어!"

장석문의 목소리를 들은 흑수촌 사람들이 하나둘씩 모이기 시작했다. 조금 전까지만 해도 능소를 찾아 분뇨장 쪽을 기웃거리고 있었던 촌장이 얼굴을 구겼다.

"분뇨장에서 뵈지 않더니만 예 있었구먼."

"촌장님, 저 모자란 놈 좀 보시오. 쓰지도 않는 폐가만 뚝딱거리지, 정작 제가 해야 할 일은 하나도 안 하고 있소."

장석문이 답답하다는 얼굴로 손가락질을 했다.

촌장이 혀를 끌끌 차며 고개를 저었다.

"친어미도 아닌데 효심 하나는 지극했었지. 능소야!"

능소가 히죽 웃으며 촌장에게 머리를 숙여 보였다. 장석문에게 했던 것처럼 반갑기 짝이 없는 미소였다.

"네 효심이야 알겠지만 이번만큼은 장가(張家)의 이야기가 옳으니라. 죽은 사람 나간 곳이고 머무는 사람 없는 곳인데, 산 사람 일은 내팽개치고 거기에 매달리면 어쩌느냐?"

"나 이거 해야 해."

촌장이 부드러운 목소리로 설득했지만 능소의 태도는 한결같았다. 고집스러운 표정으로 말하면 그나마 이해라도 하겠는데, 히죽히죽 웃으며 말하니 약을 올리는 것만 같다.

촌장 옆에 서 있던 염씨 과부가 말했다.

"능소야. 쌀을 쪄야 하는데 장작이 떨어졌어. 알다시피 지금 무림맹의 협사님들께서 와 계시지 않니? 이건 마을 공동 일이니 네가 장작을 패주어야 해."

"엄밀히 말하면 공동 일은 아니지."

건장한 농사꾼 하나가 염씨 과부를 흘겨보며 말했다. 염씨 과부의 표정이 표독스럽게 변해갔다.
"종리(鍾離) 아저씨도 웃기네. 공동 일이 아니긴 뭐가?"
농사꾼의 이름은 종리윤(鍾離倫)이라 하는데, 딸만 셋을 둔 게 흠이지, 힘 좋고 건실하기로 유명한 사내였다.
"능소 말고 누구라도 객관에 장작 나른 적 있나? 없잖아. 진짜 공동 일이라면 순번을 번갈아 해야 할 것 아니야."
"종리 아저씨야 힘도 좋고 하니까 그런 소리 하지. 그렇게 인심을 박하게 쓰니까 아들을 못 낳는 거야."
종리윤의 얼굴이 붉으락푸르락해졌다.
'세상에 이름을 알리고 오겠다'고 떠났다가 패가망신하고 돌아온 자신을 받아준 고마운 아버지는 '다른 거 다 필요 없고 대만 이으면 된다' 고 신신당부를 하다가 세상을 떠났다.
안 그래도 매일 밤 코피가 나도록 힘을 써도 준엄한 유언(遺言)을 지키지 못해 죄스러운 마음뿐인데 염씨 과부가 염장을 푹푹 쑤시고 있다.
"제 장부 잡아먹은 당랑(螳螂:사마귀) 같은 년이?!"
"뭐야?"
"그만, 그만!"
싸움이 커질 듯하자 서둘러 촌장이 나서서 말렸다.
염씨 과부와 종리윤이 싸우든 말든 관심이 없었던 장석문이 촌장을 밀치고 능소에게 다가가 삿대질을 했다.
"네 마리나 되는 소가 쫄쫄 굶고 있는데 내가 거름까지 퍼야겠느냐? 생각을 해보시오, 촌장님! 바보자식이 죽은 어미 집을 고치는 게 옳은가, 네 마리 소가 쫄쫄 굶는 게 옳은가."
"말이 너무 심하잖소, 장형!"
염씨 과부를 노려보며 씩씩대던 종리윤이 해도 너무한다는 듯한 표정으로 장석문을 돌아보았다.
"어디서 눈을 번뜩거리고 난리야! 자네가 능소 아비라도 되나? 대를 못 이으니 능소라도 아들 삼으려고? 저 바보자식이 안 굶어죽고 살아 있는 게 다 우리 덕택……."
"그만!"
촌장이 큰 목소리로 싸움을 말렸지만, 아들 소리에 대노한 종리윤은 이미 팔을 걷어붙이고 있었다. 상황이 심상치 않자 염씨 과부는 얼른 장석문의 편을 들며 억울한 표정을 지었다.
그 모습을 지켜보던 제갈영영이 고개를 저었다.
"인심 두터운 마을인 줄 알았는데."
소량이 씁쓸한 미소를 지으며 능소를 바라보았다. 욕을 먹어도, 조롱을 당해도 그는 히죽히죽 웃으며 제 할 일을 할 뿐이었다. 평소처럼 간결하고 단순한 몸놀림으로 말이다.

귀천(歸天) 183

잠시 뒤, 소량이 나직하게 웃으며 말했다.

"반선 어르신이 생각나는구려."

"검천존 경 노사를 말씀하시는 것인가요?"

소량이 웃으며 고개를 끄덕였다. 반선 어르신이 어찌했던가? 드높은 무공을 익혔음에도 그것을 숨기고 촌로(村老)처럼 푸근하게 웃으며 백성들에게 다가갔었다.

"나도 그 흉내를 내보려 하오."

제갈영영이 의아하게 바라보는 사이, 소량이 소매를 둘둘 말아 걷어붙였다. 토사에 다리가 빠질 것 같아 종아리마저 걷어붙이고 나니 영락없는 시골 농사꾼의 모습이었다.

소량은 그 상태로 걸어가 능소에게 가볍게 고개를 숙여 보이고는 토사에 묻힌 장롱을 꺼내 들었다. 무학을 펼치면 좀 더 쉽게 할 수 있겠으나, 오로지 근력만으로 들어 올린다.

"어, 협사님……"

소량이 나서자 일촉즉발까지 갔던 싸움이 순식간에 잦아들었다. 비록 말단이라고는 하지만 무림맹의 무사가 나섰으니 그 앞에서 무례하게 투닥거릴 수가 없는 것이다.

장롱을 꺼내어 먼지를 털어낸 소량이 그것을 옆의 공터에 가져다 놓았다. 그리고 연자 끝을 움켜쥐고 질질 끌어간다.

"허, 참."

촌장이 한숨을 길게 내쉬고는 소량의 눈치를 살폈다. 무림맹의 무인이 나섰으니 자신도 뭔가를 해야겠는데, 그랬다가는 밭에 거름을 줄 시기도 놓치고 소 먹일 꼴도 벨 수가 없다.

이대로 있다가 잡힐까 봐 두려운 것은 모두 마찬가지인지 종리윤도, 염씨 과부도, 장석문도 슬금슬금 자리를 피했다.

두터운 기둥을 끙끙거리며 옮기던 능소가 소량을 보고 히죽 웃어 보였다.

그로부터 며칠간 능소는 어머니의 손때가 묻은 가구나 집기를 꺼내고 토사를 치웠다. 연자나, 주량(主梁:대들보) 같은 큼지막한 것들은 소량과 함께 옮겼다. 그 다음에는 땅을 다지랴, 나무를 하랴, 베어 온 나무를 다듬으랴 정신이 없다.

다행히 소량이 목공이었다는 사실이 큰 도움이 되었다. 식탁이나 의자, 장롱 같은 것을 주로 깎았던 소량이었지만 도편수(都邊首) 노릇도 흉내는 낼 수 있었던 것이다.

본래대로라면 주춧돌을 놓고 그 위에 기둥을 놓겠지만, 주춧돌로 놓을 만한 돌도 없거니와 주목 삼을 만한 기둥이 없는 관계로 소량은 굴주(堀柱:땅을 깊이 파고 기둥을 심어 넣는 것)의 방식을 취하기로 했다.

며칠에 걸쳐 기둥 아홉 개를 세운 소량은 다시 며칠에 걸쳐 주량과 량자(梁子:들보)를 깎았다. 쇠못이 부족하니 나무못을 사용해야 할 터, 소량은 꾀를 내어 주량에 틈을 만들어 서로 맞물리게 하는 방식을 취했다.

'솜씨가 완전히 사라진 것은 아니로구나.'

능소가 변함없이 간결한 동작으로 대패를 슥슥 미는 사이, 소량은 완성된 량자를 하나씩 하나씩 기둥 위로 올렸다.

본래는 위에서 끌어 올리고 밑에서 들어 올리고 해야 하는데, 소량은 내공을 섞어 홀로 그것을 들어 올렸다.

그렇게 보름의 시간이 흐르자 건물의 뼈대가 완성되었다. 흑수촌의 일이라면 안 끼는 데가 없는 촌장이 '이렇게 빨리 올리면 무너지지 않나'라고 걱정을 할 정도였다.

제갈영영은 그 말을 못 들은 척 환하게 웃으며 외쳤다.

"이제 제법 그럴듯해요!"

"아직 고정시켜야 할 일이 남았소."

이제 틈을 맞물려 꼭 끼운 주량과 량자에 나무 못질을 해야 할 차례였다. 소량이 손짓을 하자, 능소가 히죽 웃으며 능숙하게 기둥 위로 올라갔다.

"미리 틈을 만들어 맞물려 두긴 했지만… 저도 아직 제대로 배우지 못해 어설프니 언제 무너질지도 모릅니다. 능형께서는 함부로 떨어지는 일이 없도록 조심해 주십시오."

"으응."

능소가 푹 주저앉아서는 제가 앉은 량자를 탕탕 쳤다. 몸도 들썩여 보는 것이 안전한지 확인하는 듯하다.

소량은 건너편 들보 위에서 망치질을 시작했다. 제갈영영이 밑에서 나무못을 하나씩 집어던져 주는 일을 맡았다. 암기를 던지듯 집어던지는 제갈영영이나, 보지도 않고 금나수를 펼쳐 잡아내는 소량이나 참으로 신기한 모습이었다.

그것은 한 가지 효과와 한 가지 염려를 가져왔다.

한 가지 효과라 함은, 두들겨 패서라도 능소를 데려가려 했던 장석문이 꿀 먹은 벙어리가 된 것이다. 그는 소량의 재주를 보고 어설퍼도 무인은 무인이라며 풀 죽은 몰골로 돌아갔다.

한 가지 우려는 능소의 것이었다.

"욕심이 많으면 안 되는데."

여태 말이 없던 능소가 어수룩하게 말했다.

"예?"

능숙하게 망치질을 해 나가던 소량이 의아한 얼굴로 능소를 바라보았다. 능소가 망치를 가리키며 히죽 웃었다.

"천천히……."

소량은 그제야 그가 자신의 망치질이 너무 빠르다고 말하는 것임을 깨달았다. 어지간하면 내공을 쓰지 않았지만 배운 무학이 어디 가는 것은 아닌지라 빠르긴 확실히 빨랐다.

소량이 무어라 변명하기 전에 능소가 입을 열었다.
 "엄마는 나한테 태양처럼 살랬다. 태양은 느려 보여도 항상 제 시간에 뜨고 제 시간에 들어가거든. 시, 신기해."
 태양이 신기해 죽겠다는 듯 하늘을 올려다보던 능소가 소량 쪽으로 시선을 내리곤 히죽 웃어 보였다.
 "요, 욕심 부리지 말고 태양처럼 부지런히 살면 하늘이 비를 주고 땅이 먹을 것을 준댔다. 진짜로 봄에 씨앗을 심고 여름에 잘 돌보면, 가을에 먹을 것이 나와. 겨울이 되서 조금 쉬고 있으면 금방 봄이 오고……."
 때때로 이치랄 것도 없는 간단한 이치가 신묘하게 다가오곤 한다. 지금 소량이 겪고 있는 경우가 그랬다. 소량은 멍하니 능소를 바라보다가 자신의 망치로 시선을 내렸다.
 '내가 욕심을 부리고 있었던가?'
 어쩌면 그럴지도 모른다. 고작 몇 달 만에 무언가를 얻고자 했음인데 그것이 욕심이 아니면 무엇이겠는가.
 그렇게 인정하고 나니 기이하게도 마음이 편해진다. 소량은 눈을 지그시 감고 할머니의 말씀을 떠올렸다.

 "재능이 있다구 잡지랄을 떠는 눔보다, 소처럼 우직하게 한 길을 가는 눔이 대성하게 마련이여. 그처럼 괴로운 길을 이겨내다 보면 신체와 기운뿐만이 아니라 마음마저 성장하는구면. 이처럼 어려운 일을 참아냈는디 어찌 마음이 크지 않겠는가 말이여."

맑은 햇살 속에서 매미 한 마리가 울었다. 한낮의 여름이 늘 그렇듯, 나른하고 은은한 정적이 사방에 내려앉았다.
"소처럼 우직하게······."
소량이 조그맣게 중얼거리며 망치를 들어 올렸다.
쿵—
망치질 소리에 공기가 밀려나 사방으로 퍼져 나갔다. 소량은 범종 같은 것이 울리는 것 같다고 생각했다. 자신만 돌아보는 것이 아니라 세상 전체를 비로소 돌아보는 기분이었다.
다시 한 번 망치를 내려친다.
내력이라고는 조금도 끌어 올리지 않은 채, 순수하게 근력만으로 망치질을 하는데 천지간의 기운이 호응했다. 그 울림에 맞추어 태허일기공도 깊이 울음을 터뜨린다.
"아아!"
소량의 입에서 작은 감탄이 새어 나왔다.
이제야 자신이 품고 있는 것이 무엇인지 제대로 목도할 수 있을 것 같다. 자신의 안에서 허덕일 때는 보지 못했던 것이, 자신 안에서 나와 천지를 바라보자 그제야 보인다.
하지만 그 느낌은 순식간에 사라져 버리고 말았다.

"이, 이런……."

조금만 더 가면 무언가를 얻을 것 같았는데, 바로 그 순간 현실로 돌아와 버리고 말았다. 소량은 딱딱하게 굳은 얼굴로 몇 번 더 망치질을 하다가 허탈한 듯 웃었다.

가져보지도 못한 무언가를 빼앗겨 버린 기분에 허탈하게 앉아 있던 소량이 이내 고개를 절레절레 저었다.

'단초라도 얻었으면 그만 아닌가? 소처럼 우직하게 가야 할 길이니 공연히 초조해할 필요 없으리라.'

깨달음이 눈앞에 찾아왔다 떠나가 버렸지만 더 큰 것을 얻은 기분이 들었다. 소량은 밝은 기분으로 망치를 들어 올렸다.

망치 소리가 힘차게 울려 퍼졌다.

그로부터 보름의 시간이 더 흘렀다.

기둥 위에 주량과 량자를 올린 소량은 옥척(屋脊:용마루)까지 무사히 올리는 데 성공했다. 이제 지붕을 만들기만 하면 큰일은 끝난 셈이다. 소량과 능소는 굵은 통나무를 베어 와서는, 그것을 잘라 대패질을 하기 시작했다.

현무당의 당주이기에 흑수촌을 떠나지 않았던 운현자는 얼굴을 구기며 그것을 관찰했다.

'통나무 위에 주저앉아 대패질을 하는 저 사람이 정녕 패

도로서 군림하겠다던 천애검협 진소량이란 말인가?'

무림맹에서 자신의 두 눈으로 천애검협의 무위를 목도했음에도 도무지 적응이 되지 않았다.

'사사로운 권력으로 사람 위에 서려 한다면 나 역시 패도로써 군림하리라'라고 일갈하던 모습과 저잣거리 목공처럼 대패질을 하는 모습이 어찌 서로 맞을 수 있겠는가.

운현자의 표정이 점점 딱딱하게 굳어갔다.

'협객, 협객이란 무엇인가……'

사마천의 유협열전에 따르면 협객은 다른 사람을 돕고도 덕을 자랑하지 않으며, 위급에 처한 자가 있다면 천리를 마다 않고 달려가 국법을 넘어 검을 뽑는 사람이라고 했다.

백성들과 호흡하는 천애검협의 모습이 자연스럽기는 했지만, 운현자는 그에게서 협객의 상(象)을 떠올리지는 못했다.

운현자의 고뇌는 점점 깊어져만 갔다.

물론 흑수촌 백성들의 고뇌도 그 못지않았다.

"어이쿠. 냄새야, 냄새. 능소만 있었더라면 내 죽으면 죽었지 이런 개똥같은 일은 하지 않았을 것인데."

거름을 퍼내던 촌장이 오만상을 찌푸린 채 중얼거렸다. 독한 냄새에 토악질을 한 것도 벌써 한두 번이 아니었다.

"염병할, 허리가 끊어지는 것 같구먼."

촌장이 비지땀을 흘리며 허리를 두들겼다.
장석문의 투덜거림은 촌장보다 강도가 더 셌다.
"씨벌!"
우물의 줄이 끊어졌기에 새로 이으려 했는데, 정작 중요한 줄이 없다. 창고를 뒤져 줄을 찾아보니 삭아서 끊어지기 직전이다. 생각해 보면 몇 달째 짚을 꼬아본 적이 없다.
"밭 갈기도 힘들어죽겠는데 언제 짚을 꼬아, 꼬길. 이봐, 염 과부. 자네 줄 있으면 우물에다 좀 매달아놓게."
"나야말로 바빠 죽겠는데 짚 꼬게 생겼어요? 그보다 이거나 좀 들어봐요. 종리 아저씨나 능소가 있었으면 좀 쉽겠는데, 둘 다 없으니 허리 나가게 생겼네."
염씨 과부가 들고 오던 포대기를 장석문에게 맡기며 거칠게 숨을 들이켰다. 그리고는 손가락으로 어딘가를 가리킨다.
"줄이라면 능소한테나 좀 얻어봐요."
장석문의 표정이 일그러졌다.
"이거, 참. 고생도 이만저만이 아니구먼. 저놈의 흉가가 빨리 지어져야 이 고생을 면할 텐데……."
장석문의 말이 끝나자 잠시 침묵이 감돌았다. 능소의 부재가 이토록 생경하고도 낯설 줄은 아무도 몰랐으리라. 특히 염씨 과부는 무슨 생각을 하는지 한숨을 푹 내쉬고 있었다.
"에이, 난 미반이나 찌러 갈래요."

염씨 과부가 벌떡 일어나 총총걸음으로 제 집으로 향했다. 그리고 분주히 쌀을 씻어 솥에 올리고, 덫에 걸렸다던 토끼 두 마리를 살짝 데쳐 볶아내어 그럴듯한 요리를 만들어낸다.

요리를 다 만든 후에는 객관에 남아 있는 몇 안 되는 무인들과 소량, 제갈영영에게 가져다준다.

하지만 오늘 그녀가 차린 음식에는 한 사람 분이 더 들어 있었다. 그것은 다름 아닌 능소의 몫이었다.

"내가 힘들기는 하지만 그래도 가만히 있을 수가 있어야지. 해줄건 없고 이거나 먹어. 내 솜씨 좋은건 알지?"

염씨 과부가 볶은 토끼 고기가 담긴 그릇을 건네자 능소가 히죽 웃으며 그것을 받아 들었다.

"너 기특해서 주는 거야, 효심이 지극하니까……."

능소는 묵례를 해 보이지도, 고맙다고 말하지도 않았다. 그저 히죽 웃으며 젓가락을 들고 고기를 주워 먹을 뿐이었다.

염씨 과부가 답답하다는 듯 미간을 찌푸렸다.

"친어미도 아닌데 그렇게 좋니?"

소량과 제갈영영이 의아한 얼굴로 염씨 과부를 돌아보았다. 며칠 전, 촌장에게서 비슷한 말을 들었던 것이다.

염씨 과부는 팔짱을 끼고 버려진 통나무 위에 앉더니, 시키지도 않았는데 굳이 지난 일을 주워섬기기 시작했다.

소량과 제갈영영의 눈치를 연신 살피면서 말이다.

"지금 짓는 집 주인 말인데, 사실 능소의 친어머니가 아니라우. 본래 여기 사람도 아니지, 외지에서 왔으니까."

염씨 과부가 노을 지는 하늘로 시선을 돌렸다.

어디서 무슨 일이 있었는지는 모르겠으나 그녀는 배가 부른 채로 흑수촌에 들어와서 두 달 있다가 아기를 낳았다. 듣기로는 어느 이름 모를 색마에게 당해 배가 부른 모양이었다.

문제는 아기가 색마를 많이 닮았다는 점이었다. 그녀는 아기의 얼굴을 보자마자 반쯤 미쳐서 집어던졌다고 했다.

"맨 정신일 때는 그렇게 현숙하던 아낙네가 밤만 되면 아이를 보며 비명을 지르고 그랬수, 얼마나 무서웠는지 몰라."

반쯤 제정신이 아니었던 그녀가 진짜 미쳐 버린 것은 아이가 열병으로 죽었을 때였다. 아이를 사랑하면서도 거부했던 그녀는 나무토막을 안고 아기랍시고 어르곤 했다.

그녀를 구원해 준 사람이 바로 능소였다.

능소는 그녀의 아이와 같은 병으로 부모님을 잃었고, 촌장은 능소를 데려다가 그녀에게 안겨 주었다.

그랬더니 그녀는 약간이나마 정신을 차렸다. 밤이 되면 아이에게 패악질을 부리는 광증은 사라지지 않았지만 말이다. 능소와 죽은 아이는 조금도 닮지 않았는데도 그랬다.

"능소는 원래 말도 잘하고 그랬던 아인데 네 살 때 저리되었다우. 그 미친년이 아이를 집어던진 모양이야, 바위 있는 곳에다가. 우리 능소가 어찌나 효자인지, 그런 일을 당하고도 제 어미는 끔찍이 아꼈지. 스물 남짓할 때 어미가 죽었는데 애가 석 달 열흘을 밥도 안 먹더라니까. 그 뒤로 우리가 능소를 거둬먹였다우. 정말 어찌나 고생했는지 몰라."

그 말을 끝으로 염씨 과부가 입을 다물었다.

조용히 듣고만 있던 제갈영영의 표정이 굳어갔다. 왜 눈치를 보면서 시키지도 않는 이야기를 꺼낼까 궁금했는데 이제 보니 변명을 하고 싶었던 모양이었다.

"물론 조금 부려먹긴 했지……."

염씨 과부가 그렇게 중얼거리고는 자리에서 일어났다. 속으로 '외지인이라 뭘 모른다'고 투덜거리긴 했지만 그거야 뜨끔해서 나온 반응에 다름 아니었다. 안쓰러움과 미안함이 뒤섞인 눈으로 능소를 바라보던 그녀가 조그맣게 중얼거렸다.

"천천히 해, 능소야. 급할 거 하나도 없으니까. 내 내일부터 다른 사람들 불러다가 도와주라고 할게, 응? 알았지?"

염씨 과부가 그렇게 말하고 자리를 비웠다.

제갈영영이 얼굴을 구기며 그녀의 빈자리를 바라보았다.

"못된 부인이네요, 끝까지 변명하는 걸 보면."

소량은 그 말을 듣지 못한 듯 물끄러미 능소만 바라볼 뿐이었다. 생각해 보면 그는 조롱을 당해도 비웃음을 당해도 홀로 담담했다. 그 모습이 비루하다기보다는 이 세상 사람이 아닌 것처럼 초탈한 느낌으로 다가온다.
"그래도 미안하긴 한 모양이지요?"
상념에 빠져 있던 소량이 뒤늦게 고개를 들었다.
"그런 모양이오. 아니, 확실히 미안해하고 있구려."
소량의 입가에서 실소가 배어 나오자 제갈영영이 의아한 표정을 지었다. 짐작이 아니라 확답을 하니 이상한 것이다.
소량은 손끝으로 흑수촌의 중앙을 가리키며 자신의 귀를 톡톡 두드리자, 제갈영영이 청력을 돋워 귀를 기울였다.
"사람이 양심이 있어야 할 것 아니우? 그간 그만큼 부려먹었으면 새경을 줘도 억만금은 줘야겠네! 내일부터 능소 끼니는 내가 챙길 터이니 잔말 말고 가서 도와줘, 그래야 나중에 능소의 도움을 받더라도 당당할 거 아니야."
제갈영영의 입가에도 미소가 어리기 시작했다.
"보시오, 벼가 익어가오."
소량이 마을 너머로 보이는 논을 가리켰다. 만물이 생장하는 여름이 지나고 가을이 다가오고 있었다.
포근한 바람이 은은하게 벼를 스치고 지나갔다.

2

 청해의 기련산맥(祁連山脈)에 부는 바람은 흑수촌에 부는 포근한 바람과는 정반대였다. 차가우면서도 황량한 바람, 모래먼지가 가득 끼어 스산하게 느껴지는 바람이었다.
 지팡이를 짚은 한 노파가 그 바람 속을 걸어갔다.
 '여기 이름이 무어라 했더라?'
 정신이 온전하지 않은지, 노파의 기억은 때로는 세월을 넘고 때로는 지리(地理)를 넘었다. 그녀는 한참을 둘러본 후에야 자신이 험준한 산맥에 서 있음을 깨달았다.
 '그려, 검단산(劍斷山). 검단산이라 했지.'
 산봉우리들이 날카롭게 솟은 것이 마치 칼날을 거꾸로 꽂아놓은 듯하다. 산세를 보건대 이름 난 검파(劍派)가 서지 않는다면 틀림없이 도적들의 소굴이 되리라.
 '실제로 그렇게 되었는디 뭘……'
 노파가 잠시 걸음을 멈추고 심호흡을 했다. 차가운 겨울을 닮은 스산한 바람이 모래먼지를 싣고 노파를 휘감았다.
 '인즉 다 왔구먼.'
 노파가 한 걸음을 앞으로 내딛었다.
 그 뒤로 지나간 세월이 놓였다.
 군문(軍門)에 드셨던 아버지와 퉁명스러운 어머니 밑에서

젖먹이 동생들과 구르며 자라왔던 어린 시절이 작디작은 발자국으로 남았다가 바람에 흩날려 사라졌다.
 노파가 다시 한 걸음을 앞으로 내딛었다.
 헌헌장부(軒軒丈夫)를 만나 사랑을 하고, 그 결실을 넷이나 거두었던 젊은 시절이 바람에 흩날렸다. 장부께서 사라진 후 홀몸으로 아이들을 키우던 기억도 함께 사라져 갔다.
 다음 걸음에는 노년(老年)의 기억이 남았다. 살아온 무게와 잔재를, 그 모든 기억을 완전히 털어버리고 자유롭게 세상을 떠돌다 어느 천진한 아이들을 거두었던 기억이었다.
 노년의 기억마저 바람에 흩날릴 즈음, 노파는 깨달았다.
 자신이 삶의 끝자락에 서 있다는 것을.
 노파는 마지막 한 걸음을 떼지 못한 채 머뭇거렸다.
 수많은 미련들이 그녀의 발목을 붙잡았다.
 청해로 오기 전에 자식들을 보고 가라고, 아직 막내밖에 보지 못하지 않았느냐고 붙잡았다.
 손자들에게 따듯한 밥 한술이라도 먹이고 가라는 서글픈 미련이 너무나 사랑스러워서 그녀는 걸음을 떼지 못했다.
 '가야제. 난 가야 혀.'
 노파가 이를 악물고 다시 걸음을 옮겼다. 떨어지지 않는 미련 탓에 그녀는 지팡이에 몸을 의지해 산마루에 올랐다.
 그곳에는 천자(天子)가 있었다.

하늘이 그를 위해 구름을 흘려보냈고, 땅이 공경의 손을 들어 그를 받쳤다. 모래먼지가 그의 앞에 엎드려 절했고, 바람이 귀비(貴妃)의 손길처럼 교태를 부리며 그를 어루만졌다.

천지만물이 그에게 경배(敬拜)하고 있었다.

"혈마(血魔)."

"늦었구려, 진무신모."

노파, 아니, 진무신모 유월향이 혈마를 흘끗 보고는 산마루의 끝에 놓인 만장단애(萬丈斷崖)로 걸음을 옮겼다.

절벽 아래에는 흔한 단청도 없는 소박한, 하지만 규모만은 어마어마하게 큰 궁(宮)이 자리해 있었다.

"예전에는 그래도 쓸 만한 놈들만 있었는디, 이제는 천하 잡놈들로 바글바글하구먼."

바로 그곳이 혈마곡(血魔谷)이었다.

일월신교의 복수를 위해 만들어진 집단이자, 단일 세력으로는 강호에서 가장 강력하다는 문파, 살인과 쾌락에 취한 마인들이 서로를 죽이고 범하며 유희(遊戲)하는 지옥.

"죽이고 싶소? 원하거든 그리하시오."

바위에 느긋하게 앉아 있던 혈마가 권태로운 어조로 말했다. 흔한 바위가 높디높은 권좌(權座)처럼만 보였다.

"사람 목숨, 참으로 깃털 같구먼."

"그대가 이긴다면 어차피 모두 죽겠지."

혈마가 섬뜩한 미소를 지었다.

"내가 이겨도 죽을 거요. 배교자(背敎者)들을 모조리 죽이고, 구파일방과 오대세가와 모든 칼 든 것들을 죽이고 나서도 저들이 살아 있다면 내 손으로 죽일 거요."

일월신교(日月神敎)를 마교(魔敎)라고 부르며 탄압한다면, 진실로 마귀가 되어 복수하겠다고 천명했던 혈마였다. 혈마곡에게 더 이상 일월신교의 교리는 남아 있지 않았다.

혈마곡은 살인귀나 색마라도 거리낌없이 받아들였고 그들의 목숨을 함부로 쓰기를 마다하지 않는다. 아니, 오히려 그들을 죽이고 싶어한다고 말하는 것이 옳으리라.

진무신모는 절벽 아래에서 시선을 떼지 않았다.

"이제라도 마음 돌리면 안 되겠냐?"

일월신교는 결코 사교가 아니었다. 조정의 탐욕과 무림의 필요가 어우러져 만들어낸 희생양일 뿐.

그녀의 부군이었던 진소월은 조정과 무림이 일월신교를 탄압할 때에도 끼어들지 않았고, 마찬가지 이유로 혈마곡이 일월신교의 복수를 시작할 때에도 끼어들지 않았다.

하지만 혈마곡의 복수는 너무도 처참한 것이었다.

혈마는 조정의 협박에 배교한 자들을 모조리 죽였다. 그들이 무림인인지 아닌지는 상관없었다. 구파일방에게 후원금을 보낸 상인도, 그저 향화하러 갔을 뿐인 향화객도 죽였다.

진소월은 그제야 자신의 어리석음을 후회했다.

"안 되겠제, 한이 골수에 미쳤으니 안 될 거여."

진무신모가 살기 어린 혈마의 얼굴을 흘끔 보고는 다시 절벽 아래로 시선을 돌렸다.

"우리 장부께서는 어찌 가셨는가?"

혈마의 눈에 검붉은 안광이 일렁였다.

"그는 하늘 끝[天涯]에 올랐소. 인간의 몸으로 아무도 가 닿지 못한 영역에 닿았고 마침내는 오직 홀로 오롯해졌소."

천하의 누구도 감당할 수 있다고 자부하는 혈마였지만, 진소월만큼은 승리를 장담할 수가 없었다. 마지막에 그가 보여준 무공은 인간의 인식(認識) 자체를 뛰어넘는 것이었다.

하지만 진소월은 자신을 죽이지 않고 천애에 올랐다.

그의 마지막 선택만큼은 혈마조차도 이해할 수 없었다.

"남기신 말씀은… 남기신 말씀은 없으셨는가?"

"일러 드리리까?"

혈마가 천천히 자리에서 일어나며 말했다.

한낱 인간의 몸이 천신처럼 거대하게 변해가는 광경을 바라보며 진무신모가 고개를 두어 번 끄덕였다.

―꿈속의 꿈이로다!

전설에나 나오는 육합전성인가!
 혈마의 음성이 천지사방에서 울려 퍼졌다. 진무신모는 눈을 굴려 주위를 바라보다 길게 신음을 토해냈다.
 "대자연검(大自然劍)……."
 혈마가 진무신모를 바라보며 입술을 달싹였다.

―더 할 말이 있으시오, 진무신모?

진무신모는 고개를 슬며시 젓고는 지팡이를 버렸다.
 "헙!"
 지팡이를 놓는 순간, 진무신모가 숨을 멈추었다. 내쉬고 들이마셔야 할 공기 자체가 완전히 사라진 탓이었다.
 혈마를 경배하던 천지가 그녀를 생사대적으로 삼아 분노를 폭발시켰다.
 하늘은 대신(大臣)이 추상같은 어조로 판결을 내리듯 뇌성(雷聲)을 일으켰고, 바람은 신장(神將)마냥 날카로운 칼날을 뽑아 그녀의 전신을 베어 나갔다. 모래먼지 한 알, 한 알이 신병(神兵)이 쏘아낸 화살이 그녀를 꿰뚫으려 쏘아진다.
 대자연검!

이 순간 혈마는 곧 상제(上帝)나 다름없었다.

진무신모는 치렁치렁한 소매를 잡고 한바탕 춤사위를 시작했다. 소매를 크게 너울대자 하늘에서 쏟아지던 번개가 그녀의 머리끝을 스치고 지나갔다.

콰콰콰콰—!

번개에 맞은 만장단애의 귀퉁이가 두부 떼어내듯 뚝 떼어져 혈마궁으로 쏟아졌다. 반경 십여 장 정도의 땅이 흔적도 없이 사라지니 산의 지세가 완전히 바뀌어 버린다.

번개를 피해내자 이번엔 바람이 쏟아지기 시작했다.

쐐애액!

진무신모는 천지의 분노와는 관계없는 사람처럼 춤사위를 계속 이어 나갔다. 바람은 그녀의 옷자락만 펄럭거릴 뿐, 조금의 상처도 입히지 못했다. 분노와 당황으로 일그러진 바람이 용권풍(龍卷風)이 되어 하늘로 솟구쳐 올랐다.

일촉즉발의 순간, 떠오르는 건 어이없게도 큰 딸의 모습이었다. 육신은 몰아지경(沒我之境)에 빠져 필생의 무학을 펼치면서도 정신은 큰 딸의 얼굴을 그려본다.

'첫째야, 내 처음 얻은 것아……'

자신의 배로 낳아놓고도 어찌나 신기하던지, 그녀는 첫째의 손과 발이 꼬물대는 것을 하염없이 들여다보곤 했었다.

장부께서 '그렇게 바라보다 눈이 빠지겠소'라고 놀려도

좋기만 했다. 첫째가 걸음마를 떼던 때는 이 영특한 것이 내 딸이라고 동네방네 자랑을 했었다.
 하지만 자식은 품 안에 있어야 자식인 모양이었다.
 혼기(婚期)가 찬 첫째가 연모하는 사람을 쫓아가 집을 떠났을 때는 제 어미 죽는 것도 모르고, 제 동생 굶는 것도 모르는 모진 년이라 얼마나 욕을 했는지 모른다. 첫딸은 살림 밑천이라는데 그녀의 처음 얻은 것은 밑천이 되어주지 않았다.
 엄마, 얘가 내 애야. 예쁘지.
 놀러온 첫째가 제 아들을 들이밀며 자랑을 할 때에도 그녀는 하염없이 아기를 들여다보다가도 '넌 꼭 그렇게 일찍 시집을 가야 했냐?'라고 카랑카랑한 목소리로 탓을 하곤 했다.
 그러던 어느 날, 제 장부 알기를 하늘같이 알고 제 아들을 보옥으로 알던 첫째가 하늘과 보옥을 모두 잃었다. 아비가 아들을 데리고 뱃놀이 나갔다가 빠져 죽었다고 했다.
 그녀는 분주히 첫째에게 달려가 장례를 치렀다. 일가친척 없는 여서(女壻:사위)라 욕을 했는데, 어찌나 좋은 사람이었던지 구름떼처럼 많은 사람들이 찾아와 대신 울어주었다.
 모진 손을 도와 장례를 끝내던 날, 첫째는 분주히 움직이던 자신을 바라보며 미안해했었다.
 엄마, 미안해. 엄마 덕택에 잘 보냈어…….

도와준 것도 없는데 첫째는 그렇게 말했다. 고생이라 할 것도 없다고 쏘아붙이고 함께 온 자식들 밥을 먹이는데, 첫째가 온다간다 말도 없이 사라져 버렸다.

잘 먹지도 않던데 죽이라도 먹여야지 싶어서 죽 한 그릇 쑤어 찾아보니 첫째는 제 장부와 아들의 무덤에 가 있었다.

무덤을 쥐어뜯으며, 그 거친 잡초에 얼굴을 부비며 첫째는 서러운 눈물을 토해냈다.

아가야. 엄마가 미안해, 엄마가 미안해.

그녀가 멀찍이서 그 모습을 보고 있었다는 걸 첫째는 몰랐으리라. 첫째가 통곡하며 잡초를 쥐어뜯은 것처럼, 그녀도 자신의 가슴을 쥐어뜯으며 통곡했음을 첫째는 몰랐으리라.

손자를 잃은 것에 더해 자식의 절규까지 듣는, 그럼에도 불구하고 어떻게 해줄 수 없는 어미의 처참한 슬픔을 그녀는 끝내 이해하지 못하리라.

'이 모진 것아, 이 모진 것아.'

생각해 보면 첫째는 자신을 닮았다.

고집이 지독하게 센 것도 자신을 닮았다. 머리 깎고 비구니가 되겠다는 고집을 그녀는 결국 꺾지 못했다.

세월이 지나도 자식 잃은 딸의 절규는 마음에 남았는지, 매병에 걸린 그녀는 첫째를 아예 처녀로 기억했다.

매병이 심해질 때면 그녀는 매일 '니가 뭣이 부족해서 비구니가 된다냐'라고 따지러 가곤 했다. 청해로 오는 길에서도 그녀는 그렇게 외치며 팔을 걷어붙였었다.

'내 처음으로 얻은 것아, 이 모진 것아. 잘살아야 혀. 너는 나를 닮았응께, 네가 잘살면 나도 잘사는 것이구먼. 그런께 슬퍼하지도 울지도 말고 너는 잘살아야 혀.'

진무신모가 너울너울 춤사위를 이어 나갔다. 그것은 일생의 정수가 담긴 무학이었고, 스스로에게 바치는 장송곡이었으며, 인생에 켜켜이 쌓인 한을 푸는 한풀이 춤이었다.

살랑.

진무신모가 양팔의 소매를 크게 떨치자 봄바람 같은 것이 일어나 혈마가 쏟아낸 바람을 슬며시 밀어낸다. 작디작은 바람은 곧 보이지 않는 거대한 그물이 되어갔다.

―대단하구나, 대단해!

진무신모는 물끄러미 주위를 둘러보았다.

천지사방에 제대로 된 사물이 없었다.

산은 더 이상 산이 아니라 평지였고, 대신 새로운 봉우리가 솟아올랐다. 그동안의 공방이 얼마나 치열했는지 깨달은 진무신모는 뒤늦게 몸을 부르르 떨었다.

천지가 뒤바뀌는 동안 그녀는 방어나 겨우 했을 뿐, 단 한 번도 공세를 취하지 못하였다.

그런 진무신모와 달리, 혈마는 광기에 취해 있었다. 진무신모의 무학이 그에게 길을 열어주고 있었다. 그가 그토록 원하던 길을, 그가 꺾지 못한 무인이 먼저 가버린 길을.

―아아, 하늘 끝[天涯]! 하늘 끝이여!

혈마가 크게 외치며 손을 뻗자 바닥이 부르르 떨려왔다.
드드드드―
진무신모는 바닥을 흘끔 내려다보았다. 지진인가 싶었으나 지진은 아니었다. 암석과 돌멩이들이 콩 튀듯 튀겨지더니 검붉게 변해가며 스르르 녹아간다.
그녀가 딛고 있는 바닥은 곧 끓어올라 용암이 되었다.
"무극아, 내 자랑이었던 것아."
진무신모가 신음을 토해냈다. 무림에 뛰어들어서도 둘째 진무극은 그녀의 자랑이었다. 무림맹주로서 추상같은 위엄을 뿜낼 때면 그녀도 같이 엄숙해지곤 했었다.
"우리 장남, 무극이. 니가 낸중에 무사할라믄 내가 저눔을 길동무로 데려가야 할 텐디……."
진무신모가 너울너울 춤추며 둘째를 떠올렸다.
씨 도둑질은 못한다더니, 둘째는 장부를 닮았다. 그 닮은 모습이 얼마나 사람을 멍청이로 만드는지, 그녀는 장부를 대하듯 둘째 앞에서 신세를 한탄하곤 했다.

그게 일찍 철들게 만들 줄은 미처 몰랐다. 일찍 익은 열매는 벌레 먹기 쉽다 했는데, 둘째는 너무 빨리 익은 열매였다.

어릴 적부터 작은 돈을 벌어와 '어머니 쓰시오'라며 점잖게 내놓더니, 나중엔 재주를 부려 큰돈을 벌어다가 '이 돈은 생활에 쓰고 이 돈은 모아서 나중에 나 주오'라고 했다.

그 돈은 둘째의 미래가 아니라 셋째의 아픈 다리와 넷째의 허기(虛氣)가 잡아먹었다.

어머니, 나 맡긴 돈 주오. 학관 갈라오.

죄인이 되어버린 그녀는 둘째의 얼굴을 볼 수가 없었다. 그녀는 돌아앉아서 죄스러운 마음에 치맛자락만 쓰다듬었다.

둘째야, 그 돈 없어야. 내가 써부렀어.

둘째는 평생 내지 않던 화를 그때 냈다. 내 돈인데, 모아서 나 줘야 하는 돈인데 왜 썼냐고 화를 냈다.

내가 갖다 써부렀어, 내가 갖다 써부렀어…….

한 번도 자식들 앞에서 울지 않았던 그녀가 처음으로 울음을 터뜨렸다. 우는 모습을 보면 둘째가 화낼까 무서워서 그녀는 앞뒤로 끄덕끄덕하며 소리없는 울음을 울었다.

둘째가 울음을 본 것일까.

둘째는 '내가 미안하오. 어머니가 잘하셨소'라 말하고 물러났다. 더 이상 화를 낼 수도, 그렇다고 쉽게 받아들이지도 못하는 그 처연한 눈빛을 그녀는 평생 잊지 못하였다.

그날 밤, 그녀는 잠 못 들고 서성이다 둘째가 재상이 되고 싶었는데, 라고 흐느끼는 것을 들었다.

그때부터 그녀는 둘째의 얼굴을 볼 수가 없었다. 재상 못 되게 해서 미안해, 라는 말이 목구멍까지 나왔다가도 사라졌다. 둘째에게 다시 기회를 주고 싶었지만 셋째와 넷째가 어린 새처럼 입을 벌리고 기다리고 있으니 그럴 수가 없었다.

'나는 니한테 마지막꺼정 암 것도 못해주나 보다.'

학관(學官)에 가고 싶어했던 둘째는 다른 누구도 아닌 혈마 때문에 붓 대신 칼을 잡아야 했다.

그 사실을 떠올린 진무신모가 눈에 불을 켜고 혈마를 노려 보았다. 너울너울 춤추기만 하던 그녀의 손속도 날카롭게 변해갔다. 갑자기 양손을 오므려 허공을 긁어대는 것이다.

쩌저저적!

그녀의 손이 할퀴듯 지나가자 혈마 뒤쪽에 있던 절벽에 거대한 상흔 다섯 개가 남았다. 앞으로 나서기만 하던 혈마가 주춤 물러나서는 자신의 옷깃을 내려다보았다.

핏빛 장포가 몇 군데 찢어져 있다.

―더 해보라! 더!

진무신모가 표독스럽기 짝이 없는 음성으로 외쳤다.

"우리 막내를 네가 가져갔어!"

진소월이 실종된 후의 일이었다.

진무신모는 십 년이나 홀몸으로 자식들을 길렀다.

삶에 허덕이면서도 포기하지 않고 자식들에게 학문과 무학을 가르쳤지만, 기초나 겨우 다듬어주었을 뿐 대단한 무언가를 가르치지는 못했다. 태허일기공이라는 고절한 무학을 가지고 있긴 했지만, 그녀도 그때는 고수가 아니었던 것이다.

그러던 어느 날, 진소월의 무학에 관심을 가진 혈마가 사람을 보내어 넷째를 납치했다. 진무신모와 둘째 진무극은 첫째가 있는 아미파에 셋째를 맡기고 강호로 나섰다.

그 후로 칠 년.

진무극은 무림의 신성이 되었고, 스스로를 알리지 않고 강호 뒤에 숨었음에도 유월향은 진무신모라는 별호를 얻었다. 그녀는 별호를 얻은 것보다 되찾은 넷째 딸이 터럭 하나도 상하지 않았다는 것에 기뻐했다.

'넷째야, 내 마지막으로 얻은 것아.'

어린 나이에 응당 먹었어야 할 어미젖을 제 오빠에게 양보하고, 어린 나이에 응당 숨었어야 할 어미 품을 제 오빠에게 양보해야 했던 넷째였다.

한 번은 한쪽 다리를 쓰지 못하는 셋째가 저 먹으라고 준 우유을 제 동생 준답시고 몰래 숨겨놨다가 넷째에게 준 적이 있었다. 그녀는 그 사실이 못내 짜증스럽고 화가 났다.

니는 니 다리 언제 고칠라고 그런다냐! 귀한 것이 생기면 남 주지 말고 니가 묵어야 다리가 나을 거 아니냐!

그녀는 그렇게 말하며 셋째를 엎어놓고 엉덩이를 두들겼다. 셋째가 '내가 뭘 잘못했는데요, 내 동생 먹으라고 준 건데, 내가 뭘 잘못했는데요' 라며 앙앙 울었다.

그제야 큰일이 났다 싶었다. 가슴이 선뜻해져서 얼른 고개를 돌려보니 넷째가 서럽게 울음을 토해내고 있었다.

엄마, 잘못했어요. 이제 오빠 거 안 먹을게요.

넷째가 울면서 비는 소리에 그녀는 셋째를 혼내던 것도 잊고 자리를 박차고 조방으로 나갔다. 미안하고 또 미안해서 그녀는 아이처럼 쪼그려 앉아서 어어어, 소리를 내며 울었다.

'엄마가 잘못했어야. 엄마가 미안혀.'

그런 넷째를 잡아간 사람이 바로 혈마였다.

무림맹주인 둘째를 위해서라도 자신의 손으로 끝내려 했건만, 넷째가 실종되어 시퍼렇게 멍든 한을 이제야 풀어내려 했건만, 혈마는 멀쩡하기만 했다.

―이것이 끝이라면 실망이로다.

 진무신모가 거칠게 숨을 내쉬며 혈마의 창백한 안색을 바라보았다. 혈마 역시 적지 않은 상흔을 입기는 했으나, 그녀에 비하면 그는 멀쩡한 것이나 다름없다.
 '어디까지 밀려온 거…….'
 문득 주위를 둘러보니 낯설기만 한 풍경이 보인다.
 조금 전까지만 해도 칼날을 꽂아놓은 듯한 산에 서 있었는데, 지금은 영문 모를 곳에 와 있다. 어느 이름 모를 절벽의 끄트머리에 선 진무신모가 짧게 헛숨을 토해냈다.
 혈마가 실망스럽다는 얼굴로 땅에 내려왔다.

―그대라면 나를 하늘 끝으로 이끌어줄 줄 알았는데.

 혈마가 대수롭지 않다는 듯 저벅저벅 걸어왔다.
 진무신모가 필사적으로 내력을 모아 소매를 떨치자, 혈마가 가볍게 손끝을 들어 올렸다. 장정 수백이 쌓은 듯한 토벽(土壁)이 눈 깜짝할 새 만들어진다.
 콰콰쾅!
 토벽이 흙먼지를 가득 내뿜으며 무너졌다. 진무신모는 절벽 끝으로 물러나며 몇 번의 공세를 더 취하다가, 더 이상 물러날 곳이 없다는 것을 깨닫고는 눈을 질끈 감았다.

이제 더 이상의 내력은 존재하지 않았다.

혈마가 당도하는 순간이 그녀 인생의 마지막이리라.

'셋째야. 내 아픈 손가락아.'

조바심 내며 일곱 달 만에 나온 셋째는 제 동생 것까지 뺏어먹고도 다리 한쪽을 쓰지 못했다. 그거 낫게 한답시고 온천이며 어디며 쏘다니다 보니 이사를 하는 날도 잦았다.

셋째도 미안한 건 아는지 항상 그녀의 눈치를 보았다. 그녀가 웃으면 저도 웃었고, 그녀가 울면 저도 울음을 터뜨렸다. 막내가 피우지 못한 애교를 제가 대신 피우던 때도 많았다.

'엄마 무서워야.'

엄마가 어흥, 하면 짐짓 몸을 움츠리는 시늉을 했고, 엄마가 무서워 죽겠다, 하면 어깨를 으쓱으쓱하며 고사리 같은 손으로 제 어미의 머리를 쓰다듬어 주곤 했다.

'셋째야, 엄마 무서워······.'

셋째의 손 대신, 혈마의 손이 그녀의 머리를 두드렸다.

─잘 가시오, 진무신모.

진무신모의 신형이 절벽 너머로 떨어져 내렸다.

귀천(歸天) 213

진무신모는 주마등(走馬燈)처럼 지난 모든 과거를 보았다. 수십 년의 과거가 한순간에 겹쳐져 찰나 만에 스러져 지나갔다. 진무신모는 눈을 지그시 감았다.

어딘가 낯익은 풍경이 보였다.

자신의 손으로 직접 아이들의 키를 재어주던 기둥 옆에서, 승조와 태승이 바둑을 두고 있었다. 영특하지만 너무 정직한 태승이 승조의 한 수에 골머리를 썩다가 유선이 판을 뒤집고 달아나자 고개를 절레절레 저으며 한숨을 내쉰다.

조금 더 걸어가면 조방이 보인다. 영화가 쌀을 익히고 소채를 볶으며 화사하게 웃다가 창문 너머를 손가락질하자, 연무장에서 큰 놈, 소량이 인기척을 느끼고 뒤를 돌아본다.

진무신모, 아니, 할머니가 허위허위 팔을 휘저었다.

삶의 무거운 잔재를 모두 털어버리고 자유롭게 세상을 떠돌다 만난 아이들은 그녀의 족쇄가 아니라 즐거움이었다.

가난에 허덕여 그녀의 자식들에게 해주지 못했던 것들을 아이들에게 해줄 수 있었다. 일을 하고 돌아온 큰 애에게 향과 한 조각 집어먹이는 그 간단한 일을 이 아이들 덕택에 해 볼 수가 있었다. 마음껏 아이들을 사랑해 볼 수 있었다.

'아느냐? 너거덜이 웃기라도 하면 내가 그리 좋아했었어.'

진무신모는 눈을 지그시 감았다.

그날 밤 내내 천둥 번개가 내리쳤고 용암이 흘러넘쳤다.

기련산맥의 봉우리 중 열여섯 개가 사라졌고, 산등성이 어딘가에는 깊은 호수가 생겨났다.

청해에 사는 강족(羌族)들은 천신(天神)과 악신(惡神)이 한바탕 일전을 벌이고 있다며 두려움에 떨었다.

해가 떠오르기 직전 하늘에서 커다란 별이 하나 떨어졌다. 강족들의 무당은 천신이 악신에게 패했다며 울부짖었다.

그로부터 며칠 뒤.

기련산맥의 가장 깊은 곳에서 혈마곡이 강호로 출도했다.

第八章
하선(河仙)

1

결론부터 말하자면, 염씨 과부는 약속을 지켰다.

오전에는 각자의 일로 바빠서 어쩔 수가 없었지만, 오후가 되자 사람들이 하나둘씩 모옥 앞으로 찾아왔다. 종리윤은 '나는 뭘 하면 되겠소?'라고 물었고, 그보다 먼저 와 있었던 촌장은 '지붕 올리고 인발 놓고 뭐 그런 거지'라고 답했다.

사람들이 모이자 지붕을 올리는 일이 한층 수월해졌다.

처음에는 입이 툭 튀어나와서 일하던 사람들도 복작복작한 분위기가 나자 제법 흥이 나는 모양이었다.

지붕을 올린 다음에는 인발을 놓고 벽을 세운다. 벽의 틈새에 흙을 발라 말리면 이제 거의 완성이 되는 셈이다.
완성 직전인 집을 바라보며 소량이 얼굴을 붉혔다.
'곽 대형께서 보셨다면 개집이냐고 물으셨겠지.'
무창 목공들의 대형인 곽장(廓莊)은 도편수 노릇을 이십 년이나 해온 사람으로, 무창에서도 큰 건물, 즉 거부의 장원이나 현청 등의 건물을 지은 명인(名人)이기도 했다.
그런 곽장을 따라다니며 봐왔던 건물에 비교하니 자신이 지은 집이 너무나 볼품없게 보인다. 설계에 맞추어야 할 규격이나 규율도 지키지 못했고, 미관(美觀)은 꿈도 꾸지 못했다.
다만 튼튼하다는 것 하나는 자부할 수 있었는데, 알게 모르게 내력을 섞어 지반을 굳혀두었고 굴주를 할 때도 최대한 깊이 기둥을 박아두었기 때문이었다.
'반석 위에 서진 않았으나 뿌리는 깊으니 튼튼하긴 할 것이다. 지금으로서는 그것으로 만족할 수밖에 없지.'
소량이 그렇게 생각하며 한숨을 내쉬었다.
하지만 마을 사람들은 흥분에 휩싸여 있었다.
흑수촌과 같은 외진 곳에 도편수니, 목공이니 하는 사람들이 찾아올 리 없다. 어쩔 수 없이 대부분의 집을 자신들 손으로 직접 지었는데, 그러다 보니 좋은 집이 나올 리가 없다. 이 정도의 집이면 흑수촌에서는 대단히 훌륭한 셈이었다.
칠 주야가 지난 날 아침, 마침내 공사가 끝났다.

사람들은 실제로는 전혀 번쩍번쩍 하지 않은 집을 보고도 연신 감탄을 터뜨렸다. 그중에서도 촌장이 가장 흥분했다.

"상량식(上樑式) 해야지, 상량식!"

"옥척이 올라간 게 언젠데 이제 와서 상량식을 합니까?"

장석문이 퉁명스러운 어조로 중얼거렸다.

촌장이 장석문에게 눈을 부라려 보였다.

"능소 같은 바보가 제대로 했겠나? 상량식이랍시고 물 한 바가지 떠놨다더라. 아무리 정성이 중요하다지만 물 한 바가지가 뭔가, 물 한 바가지가. 천지신명께서 악이 올라서 있던 복까지 거둬가기 전에 제대로 음식을 해서 제를 올려야지."

장석문의 표정은 여전히 뚱했지만, 흑수촌의 사람들은 하나같이 촌장의 의견에 찬성했다.

본래 농촌에서는 재미난 일이 별로 없는 법, 간만에 건수가 생겼는데 어찌 놓칠 수 있겠는가!

"좋아! 돼지를 잡자고, 돼지!"

염씨 과부가 '고기 먹고 힘 좀 써야지, 암'이라고 중얼거리자 껄껄 웃던 종리윤이 그녀에게 삿대질을 시작했다. 염씨 과부는 대꾸를 하는 대신 귀찮다는 듯 귀를 후볐다.

촌장은 얼른 싸움을 말리고는 능숙하게 이것저것을 주문했다. 종리윤에게는 돼지 대신 딸 시집보낼 때 쓰려고 담근 술을 몇 동이 꺼내오라 일렀고, 돼지는 자신이 직접 가져오기로 했다. 그 외의 음식이야 염씨 과부가 있으니 염려할 것이 없다.

"문제는 축문(祝文)인데……."

"그건 제가 하지요!"

제갈영영이 환하게 웃으며 손을 번쩍 들었다.

제갈세가의 화려한 건물에 비하면 그야말로 보잘 것 없는 집이지만 자신의 손으로 직접 만들었다는 뿌듯함이 있다. 축문을 써본 적은 없지만 듣고 본 게 얼마인데 못하겠는가.

"그거 잘 됐구려!"

감탄하는 촌장 옆으로 장석문이 머리를 들이밀었다.

"하지만 여인네가 축문 쓰는 법은 없지 않소?"

"어허! 못하는 말이 없어!"

촌장의 마음이 다급해졌다. 아무리 여자라고는 하나 무림맹의 무인인데 혹시 화를 내면 어쩌나 싶었던 것이다.

"이와 같은 여협사의 축문이라면 천지신명께서도 흔쾌히 받아주실 걸세. 시끄럽고 서둘러 준비나 해오게. 저녁에 상량식을 열 테니 그리 알고. 알아듣겠나?"

흑수촌의 백성들이 와하고 웃고는 각자 흩어졌.

해가 질 무렵이 되자 몇 명의 사내가 촌장을 따라가 돼지 두 마리를 끌고 왔다. 일찍부터 염씨 과부네 모여서 요리를 준비했던 아낙들이 비지땀을 흘리며 제사상을 차렸다.

중원에서 보기엔 우습겠지만, 흑수촌으로서는 무림맹의 무인들까지 초청된 큰 행사였다.

마을의 어른들과 운현자, 운송자를 비롯한 무림맹의 무인들이 상석의 허름한 의자에 앉자 마침내 제가 시작되었다.

"어흠, 험!"

마을에서 유일하게 글을 읽을 줄 아는 촌장이 헛기침을 내뱉어 목청을 돋우고는 축문을 읽어 나갔다.

"흑수촌민 능소는 비록 가난한 농민의 독자로 태어났으나, 어머니를 섬기는 효심이 하늘에 닿은 선인이라. 상을 당하였음에도 이처럼 집을 세워 어머니를 모시고자 하노니 하늘은 이를 어여삐 보서 복을 주시옵고……."

"이보시오, 협사님."

축문을 읽는 촌장을 미소 지은 얼굴로 구경하던 소량이 의아한 듯 뒤를 돌아보았다. 종리윤이 조용히 하라는 의미로 쉿 소리를 내고는 이리 오라고 손짓을 해 보였다.

"첫 번째 돼지는 이미 잡았지만 두 번째 돼지는 아직이오. 협사님도 와서 간이라도 맛보구려."

돼지나 소를 잡을 때 먹는 생간은 보약이라고 한다.

대처에서는 사라진 이야기지만 이와 같이 외진 곳에서는 아직도 생간을 잘라 먹곤 한다.

소량은 피식 웃고는 그 뒤를 쫓았다.

꿰에엑!

능소의 집 뒤편에 있는 작은 공터에서 돼지가 발버둥 쳤다. 사내들은 여기 좀 잡아보라느니, 저기를 잡아보라느니 갑론을박을 벌이다가 겨우 돼지의 목에 비수를 꽂았다.

핏물을 뽑아내랴, 끓는 물을 부어 털을 뽑아내랴 정신이 없는 사내들 틈으로 종리윤이 끼어들어 가더니 뜨끈뜨끈한 김이 피어오르는 접시 하나를 가져왔다.

"여기 있소. 소만은 못해도 이게 귀물이오, 귀물."

종리윤이 한 점을 우물우물 씹으며 턱짓을 했다.

"능소 너도 맛보아라."

"어어, 능형?"

당황한 소량이 뒤를 돌아보았다. 인기척을 느끼긴 했으나 그냥 마을사람 중 하나인 줄 알았는데 설마 능소일 줄이야.

"축문 다 읽으면 삼배(三拜)를 해야 하는 것 아닙니까?"

"껄껄, 그거야 촌장이 알아서 하겠지요. 먹어라, 능소야."

웃으면 안 될 일인데, 왠지 모르게 웃음이 나왔다.

소량이 크게 웃으며 능소와 함께 주저앉았다.

종리윤은 간에 더불어 술도 가져왔다. 딸을 시집보낼 때 쓰려던 술은 아까워서 차마 못 꺼냈고, 대신 작년에 담근 청주를 가져온 것이라고 했다.

능소는 히죽 웃으며 벌컥벌컥 술을 마셨다.

"옛다, 돼지 오줌보 나간다!"

능소의 뒤편에서 어떤 사내가 돼지 오줌보를 집어 던졌다.

돼지를 잡는 동안 멀찍이 쫓겨났던 아이들이 필사적으로 달음박질쳤다. 돼지 오줌보를 씻어 바람을 넣으면 발로 차고 놀만한 공이 만들어지는 것이다.

"그러므로 하늘은 응당 다섯 광채를 받게 하옵시고[應天上之五光], 땅으로부터는 오복을 받게 하여 주시옵소서[備地上之五福]. 자! 이제 능소 네가 절을… 응? 이놈 어디 갔어?!"

기둥에 새길 글로 축문을 마친 촌장이 허둥댔다. 거기에 돼지를 해체하며 웃어대는 소리, 아이들이 돼지 오줌보를 차지하려 투닥거리는 소리가 어우러져 소량의 마음을 적셨다.

"난, 난……."

능소가 무어라 말하자 소량이 그를 돌아보았다.

"난 우리 마을이 좋아."

말을 마친 능소가 자리에서 벌떡 일어나더니 덩실덩실 춤을 추기 시작했다. 신발이 벗겨지고 맨흙을 밟게 되었건만 능소의 입가에는 웃음만이 가득할 뿐이었다.

"다들 착해. 우리 마을이 참 좋아."

소량은 깊은 눈으로 그를 바라보았다. 비록 지식은 부족할지 모르겠으나, 그는 누구보다도 지혜로운 사람이었다.

남의 비웃음을 받으면서도 결코 비루하지 아니 하고, 초지

일관하여 효를 다한다. 아침이 되면 누구보다 빨리 일어나 제 몫을 다하고, 여력이 남으면 남을 돕는다.

햇살이 따듯할 땐 일하고 비가 올 땐 비를 피하니 천지를 거스르지 않으며, 여름에 일하고 가을에 수확한 후 겨울에 즐거워하는 이치를 담담히 좇으니 천지에 순응(順應)한다.

산인(山人)이 있으면 하선(河仙) 또한 있는 법.

"하선께 두 번이나 가르침을 받은 셈이로구나."

"응? 그게 무슨 소리요?"

종리윤이 의아하다는 얼굴로 되물을 때였다.

갑자기 소량의 전신이 경직되었다.

'혈향(血香)……?'

소량이 벌떡 자리에서 일어났다. 돼지의 피와는 다른 비릿한 냄새가 코끝을 찌른다. 독이 뒤섞인 듯한 혈향이었다. 본능적으로 청력을 돋워보니 가벼운 신음 소리도 들린다.

소량이 신음을 토해내며 경공을 펼쳤다.

"헉?!"

종리윤이 화들짝 놀라 엉덩방아를 찧었다. 사람이 연기도 아닌데 갑자기 휙 꺼져 버리고 만 것이다. 종리윤은 술잔을 놓고는 믿을 수 없다는 듯 눈을 몇 번 비볐다.

종리윤이 놀라든 말든 소량에게는 신경 쓸 여력이 없었다. 흑수촌에 들어올 때에 느꼈던 불안한 예감이 전신으로 번져

갔다. 재빠르게 경공을 펼치다 보니 익숙한 얼굴이 보인다.
"운현 도장?"
"천애검협!"
운현자가 소량을 보고는 안 그래도 딱딱하던 얼굴을 더욱 딱딱하게 굳혔다. 천애검협까지 나타난 것을 보면 자신이 잘못 들은 것은 절대 아닐 터였다. 그리고 그가 들은 것이 확실하다면, 신음 소리는 틀림없는 섬전수 염우신의 것이었다.
운현자와 소량이 동시에 한 방향으로 경공을 펼쳤다.
그리 오래 지나지 않아 누군가가 넋이 나간 얼굴로 터덜터덜 걸어오는 것이 보였다. 어둠을 등지고 느릿하게 걸어오는 모습도, 지친 듯 피곤한 목소리도 음산하기만 하다.
"염 도우!"
운현자가 섬전수 염우신에게로 달려갔다. 염우신은 피로에 가득 찬 얼굴로 손을 뻗어 운현자를 막았다.
"비각림의 동도……"
"비각림의 동도?"
운현자가 갑자기 그게 무슨 소리냐는 듯 얼굴을 구겼다. 염우신이 졸린 듯 고개를 떨어뜨렸다가 천천히 들었다.
"비각림의 동도들은 순식간에 핏물이 되었소. 수천, 수만 명의 마인, 독, 암기, 화살……"
"수천, 수만?"

운현자의 표정이 바위마냥 딱딱해졌다.

"아니야, 그런 것들은 하나도 무섭지 않아. 괴물이 있소……."

"이보시오, 염 도우!"

"혈마곡의 본대가 움직이기 시작했소."

염우신이 앞으로 풀썩 쓰러지자, 운현자가 재빨리 달려들어 그를 받쳤다. 그의 등을 본 운현자가 장탄식을 토해냈다.

"으으음."

도대체 무슨 독에 당한 것일까?

염우신의 등에서 새하얀 척추와, 거기서 이어진 갈비뼈가 보였다. 뒤쪽의 피부가 완전히 녹아내리고 만 것이다.

"사천은 혈마곡의 것… 포위됐소. 이곳까지 하루? 이틀?"

"혈마곡이 어째서 이런 시골 마을을 노리겠소! 아니, 말하지 마시오! 무량수불, 말하지 말란 말이오!"

운현자가 버럭 고함을 질렀으나 염우신은 말을 멈출 생각이 없었다. 힘겹게 손가락을 들어 운현자의 뒤를 가리킨 염우신이 생의 마지막 단어를 읊조렸다.

"일월신교……."

운현자와 소량의 시선이 동시에 뒤로 돌아갔다.

불빛 사이로 염씨 과부가 춤을 추는 것이 보였고, 그것을 바라보며 촌장이 크게 웃는 소리도 들려왔다.

운현자가 눈을 질끈 감았다.

'일월신교는 백성들 사이로 깊게 파고든 종교였지.'

순박한 백성들은 부처나 원시천존을 믿는 것처럼 일월신교를 믿었다. 일월신교의 교세는 순식간에 확장되었다.

상황이 심상치 않자 조정과 무림은 일월신교를 사교로 지정했고, 역모니 사형이니 하는 무서운 소리는 들어본 적도 없던 순박한 백성들은 두려움에 자신들의 믿음을 부정했다.

그러나 한때 일월신교를 믿었다는 것이 족쇄가 되었다.

일월신교를 믿었다는 사실 자체가 낙인이 되어 그들의 터전을 빼앗았다. 설상가상으로 훗날 일어난 혈마곡은 모든 배교자들을 죽이고자 했다. 이러지도 저러지도 못하게 된 백성들은 결국 저들끼리 모여 모진 삶을 이어 나가야 했다.

'흑수촌도 그런 마을 중 하나였어.'

운현자가 다시금 염우신을 돌아보았을 때는 이미 숨이 끊어진 후였다. 운현자는 아무 말 없이 지친 듯 고개를 숙였다.

물론 아직 확인된 것은 하나도 없다. 가장 먼저 해야 할 것은 사제를 척후로 보내어 진위를 확인하는 일일 터였다.

하지만 만약 그것이 진실이라면 그때는 어찌해야 하겠는가! 초조해진 운현자의 머릿속에서 수많은 계획이 세워졌다 무너지기를 반복했다.

그것은 소량도 마찬가지인 모양이었다.

무거운 침묵 속에서 소량이 입을 열었다.

"염 대협의 말씀이 사실이라면… 어쩌실 생각이오?"

운현자가 잠시 머뭇거리다가 쉰 듯한 목소리로 말했다.

"제갈 소저께 부탁해 진법을 만들어야겠소. 흑수촌으로 오는 동안 겪어보니 그녀의 재주가 뛰어나더구려. 그녀가 몸을 숨기고자 한다면 누구도 쉽게 찾지 못할 거요."

소량은 고개를 두어 번 끄덕였다. 삼천존이나 무림맹주, 일검자 등이라면 진법으로 숨어도 반드시 찾아내고 말겠지만 그런 고수가 그리 많을 리가 없다.

"진법을 만든 다음에는?"

"떠나야겠지요."

소량의 질문에 운현자가 길게 한숨을 내쉬었다.

소량이 믿을 수 없다는 듯 눈을 치켜떴다.

"그럼, 그럼 흑수촌의 백성들은?"

운현자의 얼굴이 일그러졌다. 그는 잔치를 벌이는 흑수촌의 백성들을 흘끔 돌아보고는 눈을 질끈 감았다.

"…두고 갈 생각이오."

"그게 무슨 말씀이시오!"

소량이 거칠게 외치며 운현자의 어깨를 잡아챘다. 운현자는 피하는 대신 소량의 눈을 똑바로 바라보았다.

"우리가 최우선해야 할 것은 무림맹에 이 사실을 전하는 것이오. 사천이 혈마곡의 것이 되면 중원에 수많은 피가 흐를 터. 더 알아봐야겠지만 염우신의 말대로 포위된 것이 분명하다면 우리는 흔적을 남겨서는 아니 되오."

"그렇다고 저들을……."

"그럼 어쩌자는 말씀이시오!"

운현자가 버럭 고함을 질렀다.

"대의를 위해서는 소의를 포기해야 하는 법이오! 저들을 위해서 남았다가 무림맹에 정보를 알릴 수 없게 되면? 그래서 더 큰 피가 흐른다면!"

소량이 허망한 얼굴로 운현자를 놓아주었다. 그의 말에 일리가 있음을 소량도 알 수 있었던 것이다.

운현자가 흥분을 가라앉히려는 듯 심호흡을 했다.

"오늘 밤, 사제를 시켜 주위를 정찰하게 하겠소. 그대도 도와주었으면 좋겠구려. 확인 결과 염 도우의 말이 옳다면 흑수촌을 떠나겠소. 짐을 미리 챙겨두시길 권하오."

말을 마친 운현자가 성큼성큼 걸음을 옮겼다. 여기 남아서 소량과 계속 대화를 해봐야 노기만 차오를 것 같았다.

소량은 멍하니 흥겨운 분위기의 흑수촌을 바라보았다.

'나는 떠날수 있을까?'

운현자의 말이 옳을 수도 있다. 대의를 위해서 저들을 두고 떠난다면 더 많은 사람들을 구할 수 있으리라. 천지에 순응하여 욕심없이 살아가는 능소의 피 위에서, 인심이라곤 없는 것처럼 야박하게 굴다가도 종국엔 후회하고 돌아설 줄 아는 염씨 과부의 피 위에서 천하를 온전케 할 수 있으리라.

크게 어려운 일도 아니다. 그냥 모른 척 외면하면 된다. 대의를 위한 것이라고 스스로를 위안하고 넘어가면 된다.

그렇게만 하면 모든 것이…….

'아니, 그렇게는 하지 않아.'

자신이 가기로 한 길이 어떤 길이던가?

무엇을 위해 무학을 익혔던가!

'지금이라면 할 수 있으리라.'

이제는 소량도 자신의 무학이 어떤 경지에 닿아 있는지 안다. 자신이 할 수 있는 한계가 어디까지인지 안다.

그는 강자였다.

소량이 묵직한 이조로 입을 열었다.

"나는 남겠소."

걸어가던 운현자가 불쾌한 얼굴로 소량을 돌아보았다.

소량이 아무런 대답도 하지 않자, 운현자가 성큼성큼 소량에게로 걸어가며 낮게 외쳤다.

"내 말을 이해하지 못한 거요?"

소량이 고개를 절레절레 저었다. 결코 그의 말을 이해하지 못한 것은 아니었다.

"그대 역시 떠나야 하오! 그대는 삼천존, 삼후제와 비견할 만한 무인! 그대에게 더 큰 천명이 있다는 것을 어찌 이해 못 하시오! 이런 곳에서 덧없이 죽는다면 뭐가 남는단 말이오!"

소량이 힘이 빠진 듯 희미한 미소를 지어 보였다.

"나는 아마도 바보인가 보오."

운현자가 놀란 듯 눈을 부릅떴다.

그 상태로 한참 동안이나 소량을 바라보던 운현자가 얼굴을 일그러뜨리며 그의 멱살을 잡아갔다.

"당신이 그렇게 잘났소?"

어찌나 힘을 주었는지, 소량의 멱살을 잡은 운현자의 손이 새하얗게 질려갔다.

"당신만 협객인 줄 아시오? 당신만 백성들을 사랑하고 당신만 백성들을 위하는 줄 아시오? 나도 그렇소! 나도 몇 달째 얼굴을 보고 산 저들을 버리고 싶지 않소! 나도 남고 싶소, 나도 당신처럼 남고 싶단 말이오!"

부정하려 했지만, 운현자는 자신의 입에서 나온 말이 본심이라는 것을 알 수 있었다. 절대 인정하지 않으려 했기에 끝내 알지 못했던 자신의 마음을 운현자는 뒤늦게 알게 되었다.

"나도 당신처럼 되고 싶었소······."

운현자가 소량의 멱살을 잡은 채 고개를 떨어뜨렸다. 소량은 쓸쓸한 얼굴로 그런 운현자를 내려다볼 뿐이었다.

하선(河仙) 233

잠시의 시간이 지나자 운현자의 마음에서 허탈한 감정이 사라지고 독심(毒心)이 그 자리를 차지했다.
 천애검협은 나와 다르다. 그는 자신의 상식으로는 이해할 수도 없고 이해하기도 싫은 오만한 자일뿐이다.
 "우리는 내일 떠날 거요."
 운현자가 소량의 멱살을 놓아주며 말했다.

2

 여름이 지나가고 가을이 다가오는데 하늘은 높기는커녕 우중충하기 짝이 없었다. 서늘하고 축축한 바람이 흑수촌 구석에 서 있던 제갈영영을 스치고 지나갔다.
 '천원지방(天圓地方)의 역은 천방지원(天方地圓)이지.'
 제갈영영은 먼저 마을의 네 귀퉁이에 제단(祭壇)을 쌓았다. 그리고 마을의 중앙에 둥근 솥을 놓고는, 뒷산을 한참 뒤진 끝에 겨우 발견한 지심수(地心水)를 담고 밑에 숯을 놓았다.
 천원지방이라!
 이는 곧 지기(地氣)를 다스리기 위한 방편이었다.
 그러나 진법은 본래 천지에 순응하기 위한 것이 아니다. 천지에 흐르는 기운을 비틀고 가두고 뒤바꾸어 사람을 혼란케 하기 위한 것이다.

하여 천원지방의 역으로 진법을 설치해야 한다.

선천팔괘에 구궁(九宮)을 섞어 방위를 정한 다음 건물을 부수거나 잔해를 모아 시각의 사방을 만든다.

마을을 감싸듯 진법을 설치하는데 지방(地方) 대신 지원(地圓), 즉 둥글고 완만하게 포진케 한다.

'얼추 끝난 셈이구나.'

지난 밤 내내 진법을 설치해 왔던 그녀였다.

그동안 흑수촌의 백성들은 뜬 눈으로 밤을 지새워야 했다. 딱딱하게 굳은 얼굴로 마을을 돌아다니며 건물을 부수겠다느니, 부순 건물의 잔해를 탑 모양으로 쌓겠다느니 하는데 어찌 편안하게 잠을 잘 수 있겠는가.

지금도 흑수촌의 백성들은 몰래 그녀를 훔쳐보고 있었다.

'혈마곡의 수가 얼마나 되는지 알지 못하니 답답하기만 할 노릇이구나. 대부분의 현무당원들도 떠났으니 싸울 수 있는 사람의 숫자는 적기만 한데.'

아버지 몰래 무림맹을 떠나 흑수촌에 당도했을 때까지만 해도 이런 위기는 상상해 본 적이 없었다. 강호 경험이 적었던 그녀는 긴장감을 참지 못했다.

'다 됐어. 이제 지심수를 태우면 진법이 발동할 거야. 지기가 맞지 않고 재료가 부족해 천시가 닿아야 펼쳐지겠지만 지금 상황에서 많은 걸 바랄 수는 없지.'

하선(河仙) 235

제갈영영이 그렇게 생각하며 눈을 질끈 감았다. 스스로를 위안하려 했지만 긴장감은 커지고 커져만 갈 뿐이었다.

'진 대협, 당신은 어떻게 버텼던 건가요?'

혈마곡이 곧 찾아올 것이라고 생각했더니 절로 두려운 마음이 들었다. 당장에라도 흑수촌을 떠나 도망치고 싶었다. 자신의 목숨만 챙기면 그만이 아닌가, 라는 생각도 들었다.

제갈영영은 다시 객관으로 걸음을 옮겼다.

긴장감 때문인지 오감이 다 살아났다. 옷자락이 공연히 꺼슬꺼슬하게 느껴진다. 후각과 청각이 예민해져 옅은 냄새를 쉽게 맡을 수 있었고, 아주 작은 목소리마저 들을 수 있었다.

예민해진 그녀의 귓가에 운현자의 목소리가 들려왔다.

"말도 안 되는 소리하지 말게, 사제! 마인들이 천여 명에 육박한다? 그나마도 반나절이면 당도할 것이다?"

낮은 목소리로나마 운현자가 노기를 터뜨렸다.

지난 밤 운현자는 섬전수 염우신의 말이 거짓이기를, 그가 죽음의 공포 속에서 착각을 한 것이기를 바라며 제를 올렸다. 그 희망 외에는 의지할 것이 없었던 것이다.

하지만 섬전수 염우신이 전한 정보는 거짓이기는커녕, 오히려 부족한 감이 있는 것이었다.

"제 말에는 한 치의 거짓도 없습니다. 만약 제가 거짓을 고한 것이라면 훗날 장문인께 직접 죄를 청하리다. 반나절도 길게 본 것입니다, 사형! 지금 당장 떠나야 합니다!"

"도대체 그들은 왜 이런 작은 마을에……."

운현자의 사제, 운송자가 나지막한 목소리로 말했다.

"절대 그럴 리 없다고 믿고 있지만, 만에 하나 동도들이 포로로 사로잡혀 정보를 토설했다면… 이토록 많은 숫자가 온 것도 이해할 수 있습니다."

"천애검협 때문이로군."

운현자가 신음을 토해내곤 차가운 어조로 질문을 던졌다.

"사제의 말이 옳다면 저들은 만반의 준비를 다했을 것이오. 천애검협. 지금도 혼자 남겠다는 마음은 변하지 않았소?"

귀를 기울이고 있던 제갈영영의 눈이 휘둥그레 커졌다.

천애검협 혼자 남는다니 그게 무슨 뜻인가! 설마하니 나머지 인원들이 전부 흑수촌에서 탈출을 한단 말인가?

'또 혼자 남겠다고……'

제갈영영의 표정이 고집스럽게 바뀌었다. 그녀는 헛기침을 살짝 내뱉고는 일부러 쾌활한 척 객관 안으로 들어섰다.

"저 왔어요."

장내에 있던 십여 명 남짓한 무인이 한꺼번에 제갈영영을 돌아보았다. 제갈영영은 공연히 몸을 부르르 떨고는 팔짱을 끼고 어깨를 비볐다.

"어휴, 추워라. 비가 오려는지 날이 많이 쌀쌀하네요."

하선(河仙)

"진법의 설치는 모두 끝나셨소?"

제갈영영이 운현자를 흘끔 돌아보고는 고개를 끄덕였다.

"예. 밤을 샜더니 피곤해 죽겠네요."

"고생이 많으셨소."

운현자가 그렇게 말하곤 소량을 흘끔거렸다. 소량이 고개를 끄덕이자 운현자가 어두운 얼굴로 제갈영영에게 말했다.

"잘 들으시오, 제갈 소저. 해야 할 말이 있소."

"저는 아무 데도 가지 않아요."

제갈영영이 고집스럽게 말하자 운현자는 물론, 운송자까지 놀란 표정을 지었다. 오직 밖에 제갈영영이 있었음을 미리 알고 있었던 소량만 쓴웃음을 머금을 뿐이었다.

"나만 빼놓고 탈출 계획을 세우고 있었나요? 좋아요, 여기서 나가고 싶겠지요! 하지만 나는 가지 않아요."

제갈영영이 쾌활하기만 하던 평소와 달리 무섭도록 차가운 눈으로 운현자를 바라보았다.

운현자는 그 시선을 보고는 한숨을 길게 토해냈다.

아직 나이가 어린 제갈 소저가 앞뒤 분간을 못하고 의협심 하나로 버티고 있다고 생각한 것이다.

"함께 상의하지 못한 점은 미안하오. 하지만……."

"제갈 소저가 있기에는 너무 위험하오."

운현자의 말을 끊고 소량이 말했다.

제갈영영이 몸을 휙 돌려 소량을 쏘아보았다.
"나에게 위험한 곳이 당신에게는 위험하지 않은가요?"
그 말을 어디서 들어본 적이 있는 말이었다. 소량은 무림맹으로 떠나기 전, 승조가 '제게는 사지인 곳이 형님께는 사지가 아니랍니까?'라고 말했던 것을 떠올렸다.
"고강한 무공을 가지고 있다고 해서 자신만만한가요? 아니면 천하제일고수라도 방심하면 하수에게도 죽을 수 있다는 강호의 격언을 모르시는 건가요? 저들 중에 당신보다 고수가 있을 수 있다는 사실을 정녕 모르시는 건가요?"
제갈영영의 눈에는 눈물이 가득 고여 있었다.
"왜 그렇게 당신은 자신을 나누어주려고만 하지요?"
"제갈 소저."
소량은 할 말을 잃고 말았다.
"왜 도움을 청하지 않나요? 왜 함께 남아 있자고 권하지 않아요? 아니면 우리가 우습기 때문인가요?"
제갈영영이 눈을 질끈 감자 눈물 한 방울이 주르륵 쏟아져 내렸다. 왜 우는지는 스스로도 알지 못했다. 진소량이라는 사람이 가여워서도, 그가 안쓰러워서도 아니었다.
"나는 떠나지 않아요, 진 대협. 당신이 그랬던 것처럼, 당신이 자신을 나누어주는 만큼 나도 당신에게……."
나를 나누어줄게요.

그렇게 말하고 싶었지만, 가슴속 가득히 그 말이 차올랐지만 제갈영영은 뒷말을 꺼내지 못했다.

하지만 소량은 그녀의 진심을 알 수 있었다.

문득 그녀를 처음 만났을 때가 떠올랐다. 담벼락 위에서 비를 맞으며 뛰어내린 그녀가 환하게 웃으며 자신을 손가락질하던 때를. 당황하기보다 신기했던 그 만남을.

헤어질 때 그녀가 했던 말도 떠올랐다.

"웃어봐요, 이렇게."

그러면서 그녀는 입가에 손가락을 대고 웃는 시늉을 해 보였었다. 소량은 그녀가 했던 것처럼 환하게 미소를 지었다.

"영매(永妹)라고 불러도 되겠소?"

"예?"

제갈영영이 깜짝 놀라 소량을 바라볼 때였다. 소량이 가볍게 손을 뻗어 그녀의 수혈(睡穴)을 짚었다. 제갈영영이 스르륵 잠에 빠져들자 소량이 재빨리 그녀를 받아 안았다.

'마음은 고맙소만 그것은 내가 싫구려.'

소량이 품안에 안긴 제갈영영을 바라보다 말고 부드러운 미소를 지었다. 제갈영영을 받치듯 안아들은 소량이 운현자에게 다가가 그녀를 건넸다.

"잘 부탁드리겠소."

운현자가 고개를 두어 번 끄덕였다. 소량을 바라보며 무슨 말을 하려는지 입술을 달싹이다가 고개를 절레절레 젓고는 현무당의 당원들에게 명령을 내렸다.

"모두들 후문으로 빠져나가시오."

소량이 운현자에게서 시선을 떼어 십여 명의 무인을 바라보았다. 여장을 챙긴 무인들이 불편한 시선으로 소량을 보고는 가벼운 목례와 함께 객관의 뒷문으로 향했다.

운현자가 씁쓸한 어조로 말했다.

"어제 제갈 소저에게 들으셨을 거요. 마을의 중앙에……"

운현자가 말을 마치기도 전에 소량이 고개를 끄덕였다. 아직도 소량에 대한 감정이 좋지 않았던 운현자가 차가운 얼굴로 소량을 보며 묵례하고는 객관을 빠져나갔다.

이제 객관에 남아 있는 것은 소량뿐이었다.

소량은 잠시 그렇게 서 있다가, 현무당이 빠져나간 뒷문이 아닌 앞문으로 빠져나갔다.

진법 때문에 평소와 조금 다르긴 했지만, 지난 몇 달간 익숙해져 버린 풍경이 눈앞에 들어왔다.

익숙해진 얼굴들도 함께 있었다.

"무슨 일이 벌어진 겝니까요, 협사님?"

촌장이 근심 어린 얼굴로 소량에게 말했다. 촌장의 뒤편에 있는 사람들도 불안해하는 것은 마찬가지였다.
"우리 같은 무지렁이도 눈치는 있습니다요. 큰일이 벌어진 모양인데, 정말 아무런 말도 하지 않으실 겁니까?"
"아무 일도 없을 것입니다."
소량은 그들의 시선을 피해 마을의 중앙으로 걸어갔다.
"하지만 혈마곡이니 뭐니 하는 이야기가 나오던뎁쇼."
소량은 마을의 중앙에 놓인 솥을 흘끔 보고는 불을 붙였다. 제갈영영은 역수를 이용해 빛이 어느 방향으로 쏟아질 것인지, 비가 온다면 여파는 어떨 것인지 모두 계산해 두었다. 이제 지기가 안정되고 천시(天時)에 이르면 진법이 발동되리라.
"약조 드립니다. 아무 일도 없을 것입니다."
소량의 말에 촌장이 한결 안심한 표정을 지었다.
뒤에서 염씨 과부가 무어라고 중얼거렸다.
"무림맹의 협사님들이 있잖아. 진법인지, 뭔지를 발동시켰다니까 잘 숨어 있으면 될 거야. 여차해서 피난 가야 할 일이 있으면 지켜주시겠지. 그런 일은 없으면 좋겠는데."
소량이 멍하니 뒤를 돌아보았다.
단 하루 만의 일이었다. 어젯밤까지만 해도 모두가 즐겁게 웃고 떠들고 있었는데, 단 하루 만에 모든 것이 바뀌어 버렸다. 악몽에서 깨어난 것처럼 황망하기만 했다.

마을 사람들의 얼굴을 보다보니 더더욱 그런 기분이 들었다. 염씨 과부는 피난 가는 일은 없었으면 좋겠다고 순진하게 말했고, 장석문은 그보다 거친 목소리로 빚까지 져서 소를 샀으니 죽어도 떠날 수 없다고 외쳤다.

 종리윤은 불안해서 울기 시작한 딸을 안고서 그럼 그냥 집에 있으면 되는 거냐고 눈을 끔뻑이며 질문한다.

 눈물이 나올 것 같아서 소량은 이를 질끈 깨물었다.

 무림맹의 무인들은 이미 떠났다.

 "아무 일도 없을 거예요. 약조 드립니다……."

 소량이 조그맣게 중얼거리고는 몸을 돌려 걸음을 옮겼다.

 뒤에서 마을 사람들이 '저 협사님은 나이도 어리고 말단이니, 이럴 게 아니라 객관에 가서 물어보자'라고 쑥덕대는 소리가 들려왔다.

 곧 소량의 뒤에서 비명소리가 터져 나왔다.

 "아, 아무도 없는데?"

 "이게 어떻게 된 일이야?"

 그 소리들을 등지고 걸어가는데, 마을 귀퉁이에서 능소가 보였다. 소량을 본 능소가 평소처럼 히죽 미소를 지어 보였다.

 "능형."

 소량이 묵례를 해 보였지만 능소는 마주 고개를 숙이지도 인사를 하지도 않았다. 아무것도 모르는 바보처럼 마을을 휩쓰는 불안감을 조금도 느끼지 못하는 사람처럼 웃는다.

도대체 왜일까.

소량은 한참 동안이나 그 미소에서 시선을 떼지 못했다.

'제가 반드시 지키겠습니다.'

소량이 다시 걸음을 옮기기 시작했다.

임(任)이라!

묵자(墨子)는 경상(經上)에서 '임(任)이란 선비[士]가 자신을 희생하여 의로운 일을 하는 것'이라고 논했다. 강호의 유협들을 달리 임협(任俠)이라 부르는 것은 그들이 스스로에게 어렵고 고통스러운 일을 꺼리지 않고 함으로써 남의 어려움을 해결하기 때문이었다.

소량이 걸어가고 있는 길 또한 그런 길이었다.

협로(俠路)의 끝에 선 소량이 길게 숨을 들이마셨다.

"오너라."

소량에게로 각양각색의 복장을 한 마인들이 몰려오고 있었다. 숨이 막힐 듯한 살기(殺氣)와 예기(銳氣)를 품고서.

第九章
혈투(血鬪)

1

 황금빛 물결이 너울너울 춤을 추었다. 아니, 엄밀히 따지면 아직 황금이라 할 정도로 노랗진 못하다. 약간은 푸르고 약간은 노르스름한 벼를 바라보던 소량이 눈을 지그시 감았다.
 '조금만 더 지나면 수확할 때가 오겠구나.'
 지금과 같은 급박한 상황에서 할 생각은 아니었다.
 마음을 정리해도 부족할 판에 도대체 어찌하여 이처럼 엉뚱한 생각이 든단 말인가.
 소량은 천천히 눈을 떴다.
 각양각색의 복장을 한 수십, 수백여 명의 마인이 다가오고 있었다. 개개인의 무학은 높을지 몰라도 군기가 엄정한 것은 아닌지, 그들의 행보에 질서라고는 없었다.

단 하루 만에 변해 버린 현실이 마치 꿈인 것만 같아서, 소량은 쓸쓸한 얼굴로 고개를 숙였다.

그러나 그것은 엄연한 현실이었다.

흑수촌을 지우기 위해 동원된 십여 명의 마인은 무림맹의 무인들이 있음을 알고 오십 명으로 늘어났고, 천애검협이 있음을 알고는 천여 명 가까이 늘어난 상태였다.

마인들은 삼십여 장 앞에서 멈추었다.

"소검신(小劍神) 진소량!"

마인들 가운데서 커다란 목소리가 터져 나왔다. 소량이 대답을 하지 않자 목청껏 외친 마인이 다시금 입을 열었다.

"그대가 소검신 진소량이 맞는가?"

"돌아가시오.

소량이 그렇게 외치자 마인들이 숨을 죽였다. 긍정도 부정도 하지 않았지만, 묵언이야말로 확실한 긍정이다.

"살기를 거두고 돌아가는 자, 쫓지 않겠소."

"하하하!"

마인들 가운데서 큰 웃음소리가 들려왔다. 웃어대는 자의 내력이 제법 고명한 모양인지 귀청이 떨어져 나갈 것 같았다. 소량은 저도 모르게 웃음이 들린 쪽을 돌아보았다.

"살기를 거두고 돌아가라는 말은 곧 도망을 치라는 말이 아닌가! 게다가 쫓지 않겠다? 과연 영웅다운 기개구나!"

소량의 미간이 슬며시 좁혀졌다.

"하나 그대의 뒤에 일월신교를 배신하고 제 안위를 도모한 자가 있는데 어찌 물러날까? 이는 공정한 복수로다!"

"자신의 목숨을 지키고자 한 일이 아니오?"

"일신의 안위를 위해 믿음을 팔았는데 어찌 정당하랴!"

목소리의 주인공에게서 스산한 살기가 배어 나왔다. 여느 마인들이 안 그렇겠냐마는 어째서인지 소량은 그가 뿜어내는 끈적한 살기에서 관심을 거둘 수 없었다.

"가라! 가서 마음껏 활개를 치라! 삶과 죽음이 여일한데 어찌 죽이는 자와 죽는 자를 구분할까? 가서 즐겨라! 여인을 취하고 아이의 살을 맛보며 사내의 피를 마셔라!"

소량이 검을 뽑아 들어 태허일기공의 공력을 가득 끌어올렸다. 그리고 허공에 대고 한 차례 휘두르니 형체조차 없는 검강이 황금물결을 가르며 폭발을 일으켰다.

쿠쿠쿵—!

벼가 순식간에 몸을 뉘이고 땅이 직선을 따라 뒤집혔다. 소량과 마인들의 중간에 두꺼운 선이 하나 그어진 것이다.

"이 선을 넘는 자, 반드시 베겠다!"

소량이 차가운 얼굴로 되뇌었다. 마인들 가운데서 소량만큼이나 차가운 목소리가 새어 나왔다.
"…가라!"
목소리가 끝나기 무섭게 검은 물결이 전진했다.
어디 사람만이겠는가?
비독표(飛毒露)가 날아오고 철시(鐵矢)가 쏟아진다.
그 순간 소량의 기세가 폭발을 일으켰다.
"크윽!"
흙먼지가 소량을 중심으로 원을 그리며 물러나더니, 그에게로 쏟아지던 마인들의 신형이 휘청거리기 시작했다. 무공이 약한 마인들은 무림맹의 무인들이 그랬듯 무릎을 꿇었다.
소량은 그들에게는 관심이 없다는 듯 조용히 패검했다. 익어가는 벼들이 소량 쪽으로 모조리 몸을 숙였다.
소량이 패검한 검으로 내력이 응축되기 시작한 것이다.
"죽어라, 천애검협!"
소량의 기세를 이겨내고 마인 한 명이 뛰어들 때였다.
콰콰콰!
소량의 검에서 빛살이 일어나더니, 검강으로 이루어진 용 한 마리가 검은 물결을 가르고 지나갔다.
순식간에 서른 명 남짓한 마인이 피떡이 되어 사라졌다.
"어디 더 해보려무나!"
소량의 옆에서 이름 모를 마인 하나가 광기에 어린 얼굴로 달려들었다. 그는 한 팔이 떨어져 있는데도 크게 웃음을 터뜨렸는데, 믿을 수 없게도 그의 눈에는 쾌감이 깃들어 있었다.

소량이 이번에는 오행검을 펼쳐 내기 시작했다.

수검세로 부드럽게 상대의 공격을 흘려낸 소량의 검로가 점점 규모를 키워 마인의 공세를 밀어낸다. 곧 소량의 검이 흉포한 불길처럼 일어나 그의 다리를 잘라내었다.

"크하하!"

한 팔과 다리를 잘렸는데도 상대는 웃음을 터뜨렸다.

소량은 그는 보지도 않고 검을 도법처럼 운용해 머리 위로 한 바퀴 돌렸다. 다시 앞으로 나아간 검은 무형검강을 가득 머금고 있었다. 갈래갈래 갈라진 검강이 비처럼 쏟아진다.

태룡치우!

이번엔 무려 오십 명이 넘는 마인이 반으로 쪼개졌다.

검강을 몸의 중심 쪽에 맞은 마인들은 반쪽으로 쪼개졌고, 어깨 쪽에 맞은 마인들은 팔을 잃었다.

"클클. 이건 어떻소, 천애검협?"

남궁세가, 화산파가 습격당하고 곤륜파가 멸문했으며 중소문파들이 사라졌지만 세인들은 아직 진정한 천하대란은 열리지 않았다고 평가했다. 그 이유는 혈마곡의 본대가 움직이지 않았기 때문이었다. 혈마곡의 본대에는 명문대파의 장로급에 해당하는 무위를 지닌 자들이 수도 없이 많았다.

지금 소량의 목에 흑겸(黑鎌)을 쏟아내는 자 역시 그러한 무위를 지닌 마인 중 하나였다. 무림맹주나 무당검선, 일검자의 무위를 턱 밑에서 추적할 만한 재주를 가진 자.

"흡!"

소량이 숨을 들이켜며 두어 걸음 뒤로 물러나더니, 이내 거세게 땅을 딛고 앞으로 쏟아졌다.

첩신고타라 했던가? 몸을 가까이 하여 검병으로 상대의 단전을 찍어내자 흑겸을 든 마인이 피를 뿜어내었다.

하지만 소량은 잠시도 쉴 수 없었다.

'살기?'

기이하게도 땅 밑에서 섬뜩한 살기가 올라온다. 소량은 대경하여 내공을 용천혈로 보내어 진각을 밟았다.

쿠웅—!

그와 동시에 소량이 딛고 있던 비닥이 피로 물들었다.

'토둔술(土遁術)이었구나!'

어느 마인 하나가 두더지처럼 바닥을 파고 자신의 발밑으로 스며들었다가 낭패를 본 것이리라. 대지를 뚫고 공력이 스며 들어갔으니, 사지 중 하나는 잃었거나 몸이 개구리처럼 터져 버리고 말았을 터였다.

소량이 흘끔 옆을 돌아보았다.

우측에서 수십은 족히 넘을 마인들이 킬킬대고 웃으며 소량의 뒤쪽으로 달려가고 있었다. 소량이 무얼하던 개의치 않고 흑수촌을 쓸어버리겠다는 뜻이었다.

그것은 좌측에서도 마찬가지였다.

'빌어먹을!'

소량이 욕설을 내뱉으며 검을 패검했다. 아직 그 현묘한 이치를 깨닫지는 못했지만, 좌우를 동시에 막으려면 방도가 없다. 소량은 논을 짓누르던 기세마저 거두고 가진 모든 내력을 안으로 응축시켰다.

'단번에 폭발시켜야 한다, 단번에!'

내력이 한계까지 모이자 소량이 검을 뽑아 들며 한 바퀴 원을 그렸다. 태룡치우처럼 검강이 사방으로 흩어지는가 싶더니 이내 갈라지고 갈라져 물안개처럼 퍼져 나간다.

태룡승천!

소리조차 없이 사방에 피안개가 일어났다.

"커허억!"

"큭! 쿨럭, 쿨럭!"

소량을 넘어 흑수촌으로 달려가려던 마인들이 갑자기 풀썩 쓰러졌다. 그들의 몸에는 마치 두꺼운 바늘로 찔린 듯한 구멍이 숭숭 뚫려 있었다. 아직 도천존의 경지에 이르지 못해 검환(劍環)은 만들지 못했지만 소량은 강기를 극히 가늘게 뿜어내는 데 성공한 것이다.

"으음."

마인들은 저마다 숨을 멈추었다.

제 죽음마저도 쾌락으로 여기는 마인들도 많았으나, 그런 자들조차 소량의 무위에 경악을 금치 못한 것이다.

"소검신이라더니……."

마인들은 등골에 소름이 오싹 돋아 오르는 것을 느꼈다.

당금천하에 저만한 나이에 이런 무위를 뽐낼 수 있는 자가 몇이나 되겠는가!

하지만 애써 담담한 척하는 겉모습과는 달리, 소량도 손해를 면치는 못한 상태였다. 태룡승천은 본래 내공을 보내고 다시 돌려받는 절학인데, 미숙한 초식 탓에 발출한 내공이 돌아오질 않는다.

'내력이 무한정 있다면 모르겠으나, 상대가 너무 많아.'

소량은 어느 이름 모를 마인의 목에 검을 꽂아 넣고, 그 상태에서 마인의 목을 찢으며 자신에게로 날아오는 철시를 튕겨내었다. 떨어진 철시를 발로 차서 양손에 기형도를 든 무인의 목에 꽂아 넣은 소량이 소량은 정신없이 서른 보 정도를 뒤로 물러났다.

"하아, 하아—"

소량의 입에서 거친 신음 소리가 새어 나왔다.

하지만 마인들은 소량에게 쉴 틈을 주지 않았다. 낡은 철검에 금이 가기 시작했지만 잔뜩 지친 소량은 그것을 의식하지도 못하였다. 그저 베고 찌르기만 반복할 뿐.

사각―

마침내 소량이 첫 번째 상처를 입었다.

살기도, 예기(銳氣)도 느끼지 못했는데 어디선가 비수가 날아와 어깨를 스쳐 지나간 것이다.

'살수(殺手)!'

소량이 다급히 주위를 둘러보았으나 보이는 것은 없었다. 소량이 식은땀을 흘리며 물러나다가 눈을 질끈 감았다.

그렇게 두 호흡이나 지났을까?

사방으로 뻗어 나간 소량의 기세가 마침내 어떤 인형(人形) 하나가 잡혔다. 자신의 뒤로 은밀하게 다가오는 인형을.

'잡았다.'

소량은 그 즉시 검을 역수로 쥐어 겨드랑이 뒤로 찔렀다.

작은 신음과 함께 마인 하나가 모로 쓰러졌다.

"큭."

"대단하다, 대단해! 석년의 삼천존이라도, 아니, 석년의 혈마라도, 아니, 석년의 진소월이라도 이만큼은 못했으리라!"

백미(白眉)와 백염(白髯)을 한 선풍도골의 검객이 크게 웃으며 다가왔다. 그가 검을 뽑는 순간조차 제대로 보지도 못했는데 소량의 가슴팍에 실선이 그어졌다.

"크윽!"

 소량이 마침내 신음을 토해냈다. 모용세가의 장로들과는 비교도 되지 않을 정도로 높은 마공을 가진 검객이었다. 마공에 더하여 일검자의 것과도 비견할 만한 쾌검도 가지고 있다.

 '빈틈을 찾아야 해.'

 소량이 눈빛을 빛내며 스무 보 정도를 더 물러났다. 노검객의 쾌검이 소량의 미간과 명치, 단전을 노렸다.

 '상중하(上中下) 가운데 하나만 진초⋯⋯.'

 일검자와 검격을 겨루지 않았다면 크게 후회할 뻔했다. 쾌검이라면 일검자의 것을 겪어본 바가 있었는데 노검객의 쾌검은 확실히 일검자만 못했다.

 '중!'

 굉음과 함께 노검객이 눈을 부릅떴다. 선풍도골의 모습을 하고는 있지만 그 역시 마인은 마인. 그가 얼굴을 일그러뜨리자 신선 같던 모습이 흉신악살의 모습으로 변해간다.

 "네놈이 감히 나의 검을 쳐 내?"

 소량은 대꾸없이 그의 검을 바라보았다.

 '검로가 보인다.'

 소량은 눈을 지그시 감고는 오행검의 초식을 펼쳐 냈다.

 이번에는 화검세부터 시작한다.

 광포한 불길처럼 뻗어 나가던 화검세가 곧 단단한 금검세로 변해갔고, 이내 불과 쇠가 섞이더니 토검세로 변해간다. 그렇게 서너 초식이 더 이어지자 노검객이 내상을 입었는지 신음을 토해내며 정신없이 뒤로 물러났다.

쐐애액—!

노검객 대신 어떤 궁수가 철시를 쏘아대기 시작했다. 뒤에서는 난장이 하나가 나타났는데, 그는 바닥에 납작 엎드려 제 키보다 긴 장창과 함께 선풍(旋風)처럼 회전하고 있었다.

소량은 자신이 무엇을 하는지, 몇 초식을 펼쳤는지도 알지 못한 채 정신없이 검로를 펼쳐 나갔다.

그것은 일종의 무아지경(無我之境)과도 같은 것이었다.

다시 소량이 정신을 차렸을 즈음엔 난장이는 목이 달아난 채 바닥에 누워 있었고 철시를 쏘아내던 궁수는 제 이마에 제 화살을 박고 누워서 비명을 토해내고 있었다.

"하아, 하아!"

소량이 거칠게 숨을 몰아쉬며 앞을 바라보았다.

그동안 몇이나 베었을까.

오십? 아니면 백? 아니면 그것도 넘었을까?

하지만 아직도 마인들의 숫자는 수백이 넘는다.

잔뜩 지칠 대로 지친 소량이 침을 꿀꺽 삼키며 다시 검을 패검했다. 내력마저도 떨어져 가고 있었지만, 이대로 포기할 수는 없었다.

이대로 물러나면 모두가 죽음을 맞게 되는 것이다.

우우웅—

소량이 태룡과해를 처음 성공시켰을 때처럼 대기에 진동이 일어났다. 일견하자면 이전보다 더욱 대단해 보이나 그것은 빈 수레가 요란한 것이나 다름없는 일이었다.

콰콰콰콰—!

다시 한 번 구불구불한 길을 따라 용이 노닐 때였다.

"이게 고작인가?"

마인들 틈에서 나직한 목소리가 들려왔다. 소량의 말을 크게 비웃던 목소리, 마인들에게 출행을 명령한 목소리였다.

소량은 피안개를 일으키며 쓰러지는 마인들 틈으로 뒷짐을 지고 서 있는 중년인 한 명을 발견할 수 있었다.

"기운을 줄기줄기 흘리기만 할 뿐, 제 힘조차 제어하지 못하는구나. 이게 정녕 소검신이라 불리는 자의 무학이냐?"

소량의 백부인 진무극이 했던 말과 비슷한 말이었다.

소량은 그의 말을 무시하려 애쓰며 돌아오는 내공을 수습했다. 태룡과해에 이어 태룡치우를 펼쳐 내려는 것이다.

그 순간 중년인이 가볍게 도를 들더니 허공에 대고 크게 한 번 휘둘렀다. 진무극이 했던 것과 비슷한 행동이었으나 중년인의 도에는 섬뜩한 살기와 도강이 배어 있었다.

소량은 저도 모르게 눈을 부릅떴다.

'베었어?'

중년인이 다시 한 번 단조로운 도초를 펼쳤다. 소량은 사방으로 뻗어 나가던 내력이 역류하는 것을 느꼈다.

"커허억!"

마치 운공 중반에 누군가의 방해를 받아 주화입마에 빠져들 때처럼 내공이 가닥가닥 끊기고 혈맥이 떨려온다. 운신을 못할 정도는 아니나 적지 않은 내상을 입은 것이다.

"쿨럭, 쿨럭!"

소량의 입에서 검붉은 피가 새어 나왔다. 저도 모르게 무릎을 꿇고 말았던 소량이 소매로 피를 훔치며 중얼거렸다.

"다, 당신은……."

"도마존(刀魔尊)이라고 부르게."

중년인, 아니, 도마존이 무심한 얼굴로 소량을 바라보았다. 마치 처음 만났을 때의 도천존처럼 말이다.

2

도마존은 이름이 없는 짐승이었다. 짐승도 죽을 때가 되면 고향이 있는 쪽으로 머리를 누인다던데 그는 고향도 알지 못했다. 빛조차 없는 곳에서 살았으니 어둠이 곧 고향이랄까.

그의 기억 속에서 가장 오래 된 것은 쓰디쓴 약을 먹는 기억이었다. 약은 먹기만 하는 것이 아니라 몸을 담구기도 해야 하는 것이었다.

그러면 먹을 것이 내려온다. 먹을 것은 살아 있는 것이었다. 처음에는 쥐였고, 그 다음에는 토끼였으며, 그 다음에는 늑대였고, 그 다음에는 범이었다.

한 끼를 먹으면 그 다음에는 더 큰 것이 내려온다는 사실에 익숙해져 가던 어느 날, 큰 것이 아니라 조그마한 것이 동굴에 떨어졌다. 신기하게도 자신과 똑같이 생긴 것이었다.

자신처럼 털도 얼마 없었고, 팔과 다리도 얇았다. 몸에서 나는 냄새도 같았다. 쓰디쓴 약 냄새, 자신이 몸을 담그곤 했던 씁쓸한 약 냄새가 그 작은 것에게서도 났다.

그리고 먹어왔던 것도 같은 것 같았다.

자신의 동굴에 떨어진 작은 것은 자신을 잡아먹겠다고 달려들었다. 자신은 먹이가 아니라 잡아먹는 쪽이었으므로 도마존 역시 달려들었다.

승리한 것은 도마존이었고, 그는 맛있게 식사를 마쳤다.

잠든 사이에 누군가가 자신을 남의 동굴에 떨어뜨려 놓을 때도 있었다. 도마존은 배가 고팠고, 먹이가 되기 싫었으므로 힘껏 싸워 동굴 안에 있던 작은 것을 잡아먹었다.

그러기를 오 년여.

자신과 닮았으나 좀 더 커다란 것이 그를 동굴에서 꺼내주었다. 말을 가르쳐 주고, 의복을 입혀 주었으며, 예의를 가르쳐 주었다. 도마존은 자신이 사람이며, 자신을 닮은 커다란 것 역시 사람이라는 것을 배웠다. 여유가 생겼고 농담이라는 것에 웃어보기도 했다.

커다란 것, 아니, 커다란 사람의 이름은 혈마라 했다.

"너는 일월신교의 복수를 위해 길러졌느니."

혈마는 항상 그렇게 말하곤 했다.
혈마는 인간답게 사는 법뿐만이 아니라 무공도 가르쳐 주었고, 그것은 도마존의 가장 큰 즐거움이 되었다. 일찍부터 배웠으면 좀 더 쉽게 많은 것들을 잡아먹을 수 있었을 터였다.

그로부터 몇 년 뒤, 혈마는 복수를 위해 중원을 공격했다. 하지만 그는 진소월이라는 자를 만나 좌절을 해야 했고, 진무신모와 삼천존을 만나서는 아예 뜻을 꺾어야 했다.

혈마를 꺾은 자.
그때부터 진소월은 그의 우상이 되었고, 그가 익힌 무공을 알고 싶다는 것이 도마존의 가장 큰 욕망이 되었다.

그것을 위해서라면 어린 시절부터 쌓아왔던 삶의 욕구마저 포기할 수 있었다. 그것만큼은 천하의 누구도 부정할 수 없는 진심이었다.
 "혈마곡에서 태허일기공에 관심이 있는 자는 셋일세."
 크게 내상을 입은 소량이 입가에 묻은 검붉은 피를 닦아냈다. 일부러 많은 내력을 발출하여 큰 이득을 보았는데, 그것이 손상을 입자 이득만큼이나 많은 손해를 입고 만 것이다.
 소량이 검으로 땅을 짚고 비틀비틀 일어나는 것을 물끄러미 바라보던 도마존이 말을 이어 나갔다.
 "하나는 혈마일세. 그는 여러 번 태허일기공을 겪었지."
 비틀거리며 일어선 소량이 검으로 도마존을 겨누었다.
 "또 하나는 군사일세. 무공도 모르는 난쟁이가 왜 태허일기공에 관심을 두는지는 모르겠지만 그는 누구보다 태허일기공에 대한 정보들을 많이 가지고 있어."
 도마존이 가볍게 손가락을 튕겼다.
 "크윽!"
 날카로운 기운이 검을 후려치자 신음이 터져 나왔다.
 검을 쥐고 있던 손이 찢어져 피가 흘렀지만, 소량은 개의치 않고 다시 도마존을 겨누었다.
 "마지막 하나가 바로 이 도마존일세. 태허일기공을 가장 열망한 것도 나일세. 하지만 하늘이 돕지 않는 것인지, 지독한 열망에도 불구하고 나는 한 번도 태허일기공을 겪어본 적이 없어. 그러니 보여주게. 자네, 무언가 숨기고 있지?"

도마존이 한 걸음을 앞으로 내딛었다. 소량은 그에 맞추어 한 걸음 뒤로 물러나며 빠르게 주위를 훑었다. 다른 마인들이 움직일 조짐을 보이고 있었다.

"저들이 방해가 되는가?"

"으, 으음!"

마인들이 신음을 토해냈다.

도마존이 손가락을 튕기자 소량을 넘어 마을로 진격하려던 마인 한 명의 머리가 터져 버린 것이다.

도마존의 뜻을 짐작한 모든 마인들이 움직임을 멈추었다.

"대답이 없는 걸 보니 대화를 하기 싫은 모양이로군. 흑수촌의 백성들을 죽이면 대화를 할 마음이 날까?"

소량은 가슴속에서 무언가 울컥하는 것을 느꼈다.

"사람의 생명을 가지고 장난치지 마라!"

"이제야 입을 여는군."

도마존이 눈을 지그시 감고 생각에 빠져들었다. 어떻게 해야 소량의 무위를 이끌어낼 수 있을까 고민하는 것이다.

인간이 아닌 짐승으로 길러진 그에게 인명의 소중함 따위는 서책 속에서나 나오는 이야기였다.

"좋아, 이렇게 하세. 만약 내게 새로운 것을 보여준다면 자네와 흑수촌에 하루의 시간을 더 주겠네. 어떤가?"

쐐애액!

대답 대신 소량이 도마존에게로 쏘아지며 오행검을 펼쳐 나갔다. 하지만 소량의 검은 도마존에게 가 닿기도 전에 허무하게 스러지고 말았다. 도마존의 손짓 한 번에 말이다.

소량의 마음속에 미칠 듯한 초조함이 찾아들었다.

'한 걸음! 한 걸음만 더 나간다면!'

그간 생사의 간극을 수도 없이 걸어왔던 소량이었다.

어디 그뿐이랴?

평생 가도 만나보기 힘들 고수를 소량은 벌써 네 명이나 만나보았다. 무극에 이르렀다는 삼천존과, 그를 뛰어넘는 무공을 가진 할머니, 진무신모 유월향을.

소량은 도마존의 무위를 짐작할 수 있었다.

유영평야에서 만났던 검마존과 그 이상이거나 동수.

승리를 장담할 수는 없겠지만 백부님이 보여주신 그 한 수를 흉내 낼 수만 있다면 대적은 해볼 수 있을 것이다.

'한 걸음, 한 걸음만 더 가면 되는데!'

백척간두(百尺竿頭)에 서 있는데 진일보(進一步)가 없다. 경지를 가로막는 벽을 누가 있어 쉽게 부술 수 있겠는가!

"내 참을성이 없어 오래 기다리지는 못하겠고… 열 명의 기회를 주지. 그 안에 새로운 것을 보여줘야 할 거야."

뜻 모를 말에 소량이 눈을 치켜뜰 때였다.

도마존이 도를 높이 들더니 횡으로 크게 베어 나갔다.

소량이 이를 악물며 내력을 끌어올렸다.

콰콰쾅—!

방어를 하기는 했으나 무용지물!

흑수촌까지 튕겨난 소량이 외곽의 모옥에 처박혔다.

그 충격 때문일까?

진법이 깨지지는 않았지만 생로와 사문이 뒤집히고 안개가 흩어져 마인들에게 길을 열어주었다.

"하하하!"

식지가 없는 마인 하나가 소량이 사라진 모옥 안으로 스며들어 오더니 도를 내리그었다. 쓰러져 있던 소량이 신음조차 제대로 토해내지 못한 채 눈을 부릅뜨며 다급히 검을 들었다.

쿵!

검으로 막아내자 바닥 밑으로 몸이 일척이나 파고들고 만다. 검과 함께 양단해 버리려는지 마인이 자신의 도에 한가득 내력을 불어넣었다.

소량은 몰랐지만, 식지가 없는 도객은 사천에서 유명한 마인으로 그 별호는 단지마도(斷指魔刀)라 했다.

'열 명의 기회라는 것이 이런 의미였나?'

마인 열 명의 기회!

그 안에 새로운 무학을 선보여야 한다.

도마존이 약한 마인을 들여보내지는 않았을 터.

내상을 입어 기혈이 미친 듯이 들끓는 지금으로서는 살아남는 것도 보장할 수가 없다. 마인 열 명을 대적해서 살아남는다고 해도 그렇다. 새로운 무학을 선보이지 않으면 그 역시 죽음을 맞게 되는 것이다.
 "흐읍!"
 소량이 각법을 펼쳐 단지마도의 단전을 후려쳤다. 단지마도는 뒤로 튕겨나가면서도 소량의 얼굴에 도를 꽂아 넣었다.
 핏―!
 소량의 귓가가 피로 물들었다. 귀가 아예 잘린 것은 아니지만, 살점이 뭉텅이로 떨어져 나간 것이다.
 "커헉, 쿨럭! 듣자하니 협객이라지?"
 피를 토해낸 단지마도가 싸늘하게 웃으며 건물의 벽을 주먹으로 후려쳤다. 소량이 당황한 얼굴로 눈을 부릅떴다.
 "그게 무슨……."
 벽면에 구멍이 뻥 뚫리더니 단지마도의 신형이 사라졌다.
 "꺄아악!"
 곧 여인의 비명 소리가 들려왔다.
 소량에게는 익숙한 목소리, 염씨 과부의 목소리였다.
 소량은 미친 듯이 경공을 펼쳤고, 다행히 염씨 과부가 죽음을 맞기 전에 단지마도의 목에 검을 꽂아 넣을 수 있었다.
 "컥!"

목에 검이 박힌 단지마도가 목각인형처럼 경직되었다.

하지만 소량은 그의 최후에 관심을 가질 여유가 없었다.

어디선가 협봉검 한 자루가 나타나더니, 염씨 과부의 목을 노리고 쏘아진 것이다.

다급해진 소량이 맨손으로 협봉검을 쥐었다.

"흐으읍!"

소량의 입에서 긴 신음이 터져 나왔다. 손에 내력을 가득 실어 수강을 일으켰으나, 상대의 강기 역시 만만치 않았다.

소량의 손에서 핏방울이 터져 염씨 과부의 얼굴에 튀었다.

소량이 단지마도의 목에 박힌 검을 놓아버리고는 검결지를 쥐어 이름 모를 마인의 사혈을 짚었다.

푹!

손가락이 아예 마인의 살을 뚫고 깊숙이 박혔다.

호광성 북쪽을 주름잡던 검객, 호리검마(狐狸劍魔)는 그렇게 비명조차 지르지 못하고 절명했다.

"혀, 협사님."

비명을 지르던 염씨 과부가 멍하니 소량을 바라보았다.

이럴 줄은 몰랐다. 정녕 이럴 줄은 몰랐다.

무림맹의 무사들이 사라진 것을 알게 된 염씨 과부는 분노에 치밀어 그들을 저주했다.

아무 일도 없을 거라고, 자신들이 지켜줄 거라고 그렇게 노래를 부르더니 자신들만 살자고 사라져 버렸다며, 천벌을 받아 죽어버리라고 저주했다. 피난을 가려고 짐을 챙기면서도 그녀의 저주는 그칠 줄 몰랐다.

하지만 한 명만은 흑수촌을 버리지 않았다. 아무 일도 없을 거라며 모두를 안심시키고 혼자 나가서……

염씨 과부의 눈에서 눈물이 왈칵 새어 나왔다.

"협사님. 피가, 피가!"

"어서 도망치세요."

소량이 지친 눈으로 염씨 과부를 바라보며 중얼거렸다.

그 순간, 살기조차 느끼지 못했는데 어깨 뒤쪽에서 갑자기 끔찍한 통증이 느껴졌다.

"꺄아악!"

소량의 뒤에 나타난 거한을 발견한 염씨 과부가 비명을 질러댔다. 거한의 별호는 대력패웅(大力覇熊)이라 하는데, 사람을 반으로 찢어버리며 그 촉감을 즐기는 마인이었다.

지금은 힘을 쓰는 대신 단도를 꽂아 넣고 있었지만.

소량은 어깨에서 단도를 빼낼 생각 따위는 하지 않았다.

그대로 꽂아둔 채, 호리검마의 목에 박힌 검을 그대로 휘두를 뿐이었다. 검이 박혀 있던 호리검마의 목이 너덜너덜 찢어지며 검이 튀어나왔다.

"허억?!"

짧은 비명과 함께 대력패웅이 신음을 토해냈다.

믿을 수 없다는 듯 자신의 허리를 내려다보던 대력패웅이 본능적으로 두어 걸음 물러나려 했다. 그러나 다리는 움직이지 않았고, 반으로 잘린 상반신만 뒤로 넘어간다.

"어서 도망치라니까!"

소랑이 거칠게 외치자 염씨 과부가 그제야 일어나 뒤로 뛰어갔다. 소랑은 살기를 읽어내려 애쓰며 주위를 흘끔거렸다.

'세 명이 죽었다. 남은 것은 일곱.'

소랑은 초조한 얼굴로 입술을 달싹였다. 일곱 명의 마인을 상대하는 동안 어떻게든 성취를 얻어야만 하는 것이다.

"천지간의 흐름……."

소랑이 검을 움켜쥔 채 손가락을 꼼질거릴 때였다.

어디선가 파공음이 들려왔다.

쐐애액—

어디선가 비접표(飛蝶露)가 빙글빙글 회전하며 날아왔다.

소랑은 빠르게 손을 뻗어 그것을 잡아채었다. 아니, 잡아채었다기보다는 태극권마냥 부드럽게 비접표의 방향만 바꾸었다고 말해야 옳으리라. 비접표를 날렸던 무음쾌표(無音快露)가 이마에 자신의 애병을 박은 채 뒤로 풀썩 넘어갔다.

비접표의 방향을 바꾸자마자 한 바퀴 몸을 회전한 소랑이 그대로 오행검의 화검세를 펼쳐 자신에게로 쏟아져 오는 권사(拳士), 철산귀마(鐵山鬼魔)의 목을 베어버렸다.

"다섯!"

소량의 외침과 동시에 또다시 파공음이 들려왔다. 이번의 파공음은 조금 전의 것처럼 날카로운 것이 아닌, 둔탁한 파공음이었다. 소량은 저도 모르게 한 걸음 뒤로 물러났다.

쿵!

소량이 있던 자리에 흙먼지가 가득 피어올랐다. 흙먼지 사이로 바닥에 떨어진 두툼한 철구가 보였다. 철구에는 심지가 아홉 개나 매달려 있었는데 그중 세 개에 불이 붙어 있었다.

'벽력탄(霹靂彈)?'

소량이 유운보(流雲步)를 펼쳐 정신없이 몸을 피했다.

콰아앙!

소량의 코앞에서 벽력탄이 폭발했다.

제때에 눈을 감지 못한 소량은 시야가 하얗게 변하는 것을 느꼈다. 호신강기를 펼쳐 몸을 보호했건만, 파편 몇 개가 눈가를 스치고 지나가 마치 피눈물을 흘리는 형상이 되었다.

"아악, 아아악!"

소량이 허리를 반으로 굽힌 채 비명을 질렀다.

귀에서 이명이 들리는가 싶더니 몸이 휘청거렸다. 고막이 잘못되어 일순간 균형감각을 잃은 것이다. 소량은 귓가에서 피가 흘러나오는 것을 느끼곤 침을 꿀꺽 삼켰다.

"도박 좋아하시는가?"

소량은 보지 못했지만, 건너편 지붕 위에는 득라의를 입은 도사가 두 개의 공을 양손으로 던졌다가 받았다가 하고 있었다. 그가 바로 섬서성 일대를 주름잡는 벽력자(霹靂子)였다.

"한번 맞춰보게! 두 개 중 하나는 벽력탄이라네!"

벽력자가 이번엔 두 개의 철구를 던졌다.

시각을 잃어버린 탓에, 소량은 오로지 기감만으로 두 개의 철구를 살펴야 했다.

'외, 왼쪽인가?'

처음에는 왼쪽인 줄 알았는데, 오른쪽에서 따듯한 아홉 개의 점이 느껴진다. 따듯한 점은 속도를 이기지 못해 하나씩 꺼져 가고 있었는데, 아마 그것이 심지인 모양이었다.

'아니, 오른쪽!'

소량이 금나수를 펼쳐 오른쪽 철구를 잡아챘다. 잔뜩 내력을 끌어 모았건만, 철구를 쥐자마자 그대로 몸이 빨려 들어갔다. 철구에는 천근거력(千斤巨力)이 숨어 있었던 것이다.

쿠웅!

철구에 이끌려 어느 모옥에 처박힌 소량이 힘겹게 몸을 일으켰다. 천만다행히 약간이나마 남아 있던 태허일기공이 회전하며 조금씩 시야가 돌아오고 귓가의 이명도 사라져 갔다.

흐릿한 시야 속에서 종리윤의 모습이 보였다. 피난을 가려고 짐을 싸고 있었던 그는 뒤에 부인과 세 딸을 감추고는 겁에 질린 채 소량을 바라보고 있었다.
"혀, 협사님. 괘, 괜찮으시오?"
"저는 괜찮습니다! 어서 도망치십시오!"
종리윤의 눈시울이 뜨거워졌다.
괜찮긴 무어가 괜찮단 말인가!
어깨에는 비수가 박혀 있고 귀가 찢어져 있다. 눈에서는 피눈물이 흐르고 팔과 다리에 난 수많은 자상에서 피가 흐른다. 팔과 다리를 걷어붙이고 통나무에 대패질을 하던 순박한 얼굴이 말 그대로 피투성이가 되어 있다.
"괜찮긴 뭐가 괜찮아……."
종리윤이 더듬더듬 중얼거렸다. 소량이 마지막 한줌의 내공마저 털어 양손에 쏟아부으며 외쳤다.
"도망치라니까!"
소량이 태극권을 연마하듯 철구를 든 채로 양손으로 원을 그렸다. 심지가 모두 타들어간 철구가 크게 폭발을 일으켰다.
우우웅—
화염이 둥근 공처럼 커졌다가 정확히 그 반대로 움츠러들었다. 소량의 강기가 화염을 가두어 버린 것이다.
소량의 손에 물집이 일어나더니, 눈 깜짝할 새에 터져 피고름이 흘러나왔다. 그 다음에는 검붉게 달아올라 자그맣게 불이 붙는다. 검사의 손이 얼마나 중요한지 아는 무인이라면 미친 짓이라고 소량을 탓했을 일이었다.

폭발을 본 종리윤과 그의 가족이 이를 악물며 도망쳤다. 달려가면서도 눈물 젖은 눈으로 몇 번이나 소량을 돌아본다.

하늘같은 무림맹의 무인이지만, 연치도 어리고 하는 것도 소박한 것이 막내 동생이 있으면 이랬을까 싶었는데.

종리윤은 자신의 집을 나서자마자 부인과 세 딸을 밀어 도망치게 하곤 몸을 휙 돌렸다. 폭발을 막아낸 소량이 종리윤의 모옥에서 나와 화살처럼 검을 쏘아 보내는 것이 보였다.

소량이 모든 내력을 다해 비검술(飛劍術)을 펼친 고로, 지붕 위에서 싱글벙글 웃던 벽력자는 피하지도 못한 채 심장 어림에 그것을 얻어맞고 말았다.

"네, 네 명……."

소량이 주위를 흘끔거리며 말했다.

비검술을 펼친 것은, 방법이 없어서이기도 했지만 손의 화상이 너무 심하기 때문이기도 했다. 손끝의 감각을 잃었으니 차라리 권을 펼치는 것이 나을 터였다.

"뭐가 아무 일도 없을 거라는 거요! 그렇게 혼자 나가서 병신처럼 뭐하는 거요! 도망쳐, 이 멍청아! 도망을 치라고!"

종리윤의 눈에서 눈물이 배어 나왔다. 그는 인간의 육신이 이처럼 파괴되는 과정을 처음 보았다.

그것이 누구 때문이던가.

종리윤이 무너진 건물의 파편 하나를 주워 들고 아무도 없는 허공을 향해 집어 던지며 발을 쿵쿵 굴렀다.

"개자식들아! 나부터 죽여라! 나부터 죽여!"

그 순간, 소량은 종리윤에게로 다가드는 살기를 느꼈다.

하나도 아닌, 두 개의 살기.

소량은 마보세를 취하곤 왼발을 축으로 한 차례 회전하며 다른 발로 바닥을 긁었다. 돌멩이 두 개가 발끝에 걸린다.

사아악—

뱀의 쉿소리처럼 사이한 소리가 들리더니, 두 개의 장검이 종리윤의 목을 노리고 달려들었다.

바로 그 순간, 소량이 진각을 밟았다.

쿵!

돌멩이 두 개가 떠오르자 소량이 하나는 각법으로 걷어차고 또 하나는 장심으로 밀어냈다. 두 개의 돌멩이가 그 어떤 암기보다도 빠르게 종리윤의 좌우로 쏘아졌다.

"커헉!"

"큭!"

쌍둥이인 모양인지, 똑같이 생긴 두 명의 마인이 서로 다른 방향으로 풀썩 쓰러졌다. 남궁세가가 나서도 죽이지 못했던 귀검쌍마(鬼劍雙魔)는 그렇게 허무하게 목숨을 잃었다.

"두 명 남았구나."

"많이 다쳤구나, 천애검협!"

호탕한 목소리와 함께 도가 날아들었다. 살기를 느끼지 못했던 소량이 다급히 팔을 들어 도를 막아내었다. 호신강기를 믿고서 한 일이었지만 팔뚝에 도가 반치나 파고들고 말았다.

소량은 마지막 한 모금의 진기를 끌어내어 그의 목을 움켜쥐었다.

우둑.

소량이 지친 것을 믿고 뛰어들었던 무산도귀(巫山刀鬼)가 목뼈가 부러진 채로 바닥에 쓰러졌다.

이제 마지막 한 명이 남았다.

"하아, 하아—"

소량이 거칠게 숨을 들이켰다. 이제 내력이라고는 하나도 없었다. 아직 한 명의 마인이 남았거늘 체력이 떨어져 손끝 하나 까닥하기도 힘들다.

그 한 명을 대적하더라도 마찬가지다.

도마존에게 보여줄 무학이 없으니 죽은 목숨이다.

'이제 어떻게 해야 하지? 어떻게……'

그 순간이었다.

소량의 흐릿한 시야에 능소가 보였다.

능소가 평소처럼 히죽 웃어 보였다.

혈투(血鬪) 275

소량은 어째서인지 그 미소에서 시선을 뗄 수가 없었다.
해가 뜰 때 일어나 자신의 몫을 다하고, 여력이 남으면 남을 돕는 사람. 햇살이 밝으면 일을 하고 비가 오면 비를 피하여 천지의 흐름에 거스르지 않는 사람.
소량의 마음에 한줄기 벼락이 쳤다.
'순응(順應)······.'
소량은 능소처럼 미소를 지어 보였다. 당장 깨닫지 않으면 죽음을 맞게 될 다급한 상황인데도 마음이 편안해졌다.

집착을 버리고 오로지 순응하면 얻게 되리라!

소량은 손을 돌려 어깨 뒤쪽에 꽂혀 있던 단도를 뽑아 왼손에 쥐었다. 그리고 뒤를 돌아보며 허공에 그것을 겨누었다.
입가에는 여전히 능소를 닮은 미소가 어려 있었다.
우웅—
내력을 일으키지도 않았는데 천지의 기운이 호응했다. 아직도 내력이 남아 있었던가?
태허일기공이 물에 파문이 일듯 공명했다.
소량은 단도를 아래로 내리그었다.
"커헉!"
허공에서 관운장마냥 수염을 그럴듯하게 기른 마인, 미염

수라(美鬚修羅)가 나타나 무너져 내렸다.

나타날 때까지만 해도 멀쩡했던 그의 얼굴에 세로로 붉은 실선이 그어지더니 이내 핏물이 주르륵 흘렀다.

허공에서 웃음소리가 들려왔다.

"하하하! 그런 식이로구나, 그런 식이야!"

웃음소리는 한참이나 이어지더니 이내 멀찍이 사라졌다. 마기와 살기가 조금씩 떨어지는 것도 느껴졌다.

도마존은 약속을 지킨 것이다.

소량은 의식이 희미해지는 것을 느꼈다.

내상이 심한 것일까, 아니면 주화입마일까?

아직 적은 수백이 넘게 남아 있는데, 더 이상 무학을 펼칠 수가 없다.

소량은 저도 모르게 고개를 돌렸다.

종리윤이 눈물에 젖은 얼굴로 자신에게 달려오고 있었다. 그 뒤로 엽씨 부인의 모습이 보였고, 촌장이 다급하게 사람들에게 붕대를 가져오라 외치는 것이 보였다.

아무 일도 없을 거라고 약속했는데…….

"미안해요."

소량의 앞까지 달려왔던 종리윤이 멍하니 눈을 끔뻑였다. 미안하긴 무어라 미안하단 말인가? 무림맹의 무인들이 도망칠 때도 남아 있던, 이 지경이 되도록 싸워온 그가 뭐가?

소량이 조그맣게 중얼거렸다.
"미안해요……."
말이 끝나자마자 소량이 까무룩 의식을 잃었다. 의식을 잃기 직전, 종리윤의 통곡 소리를 들은 것 같았다.

第十章
분노(忿怒)

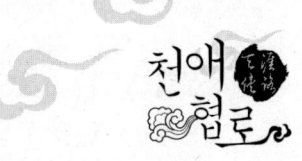

1

영원히 끝나지 않을 것만 같은 기나긴 밤이었다. 아니, 끝나지 않기를 간절히 바라는 밤이었다.

하지만 평생 그 자리에 있을 것만 같던 만월은 언제 움직였는지 모르게 서쪽으로 사라져 버리고 말았다.

툭, 투툭—

어제부터 끼어 있던 먹구름이 마침내 비를 흩뿌리기 시작했다. 차라리 시원하게 쏟아지는 장대비라면 좋겠는데, 한두 방울 떨어지고 말기를 반복하더니 아스라이 보슬비가 내린다.

창문을 열어놓고 손을 내밀어 빗방울을 받아보던 촌장이 긴장한 듯 침을 꿀꺽 삼켰다.

'진법인지 뭔지가 있으니 괜찮겠지?'

흑수촌의 백성들이 모두 모여서 고심에 고심을 해봤지만 뽀족한 수는 나오지 않았다. 피난을 가려 길을 떠났던 사람들은 사방이 흉적임을 발견하고는 힘없이 돌아와야 했다.

진법인지 뭔지 하는 것이 시선을 가리고 방향감각을 혼란케 해준다니, 가만히 숨어 흉적들이 자신을 못 찾기를 기원하는 것밖에 방도가 없었다.

종리윤은 죽을 때 꽥 소리는 내고 죽어야 한다고, 우리도 협사님처럼 싸우자고 외쳤다. 그 외침에 동의한 사람들의 수가 적지 않았다. 그들은 아침이 되면 낫과 도리깨 등을 들고 일전을 벌이자고 결의했다.

"협사님은 괜찮으시려나……."

촌장이 걱정스러운 어조로 중얼거렸다.

흑수촌의 백성들은 마을의 물이란 물은 다 퍼다 소량을 씻기고, 상처를 치료했다. 치료라고 해봐야 붕대로 묶는 것 정도가 전부였지만 말이다. 당장에라도 죽을 것 같아서 모두가 염려했는데, 다행히 그런 일은 벌어지지 않았다.

흑수촌의 백성들은 새로 지은 모옥의 바닥을 파서 소량을 숨기기로 했다.

늙어 죽으면 쓰려고 했던 촌장의 관이 그때 소용되었다.

자신의 고향도 아닌데, 알게 된 지 몇 달밖에 되지 않는 사람인데 죽음을 각오하고 싸운 은인이었다. 만에 하나 모두가 죽음을 맞더라도, 이 사람만큼은 살려보자는 생각이었다.

'만약 깨어나면 관 안에 있음을 알고 비명을 지를 텐데, 그러다가 들키면 어쩌누.'

촌장이 씁쓸한 얼굴로 길게 한숨을 토해내고는, 새로 지은 모옥으로 고개를 돌렸다.

소량은 모옥의 지하에 묻혀 있었다.

비록 의식은 살아 있었으나, 시각, 청각, 후각, 촉각 등 육신의 모든 감각은 죽어버린 상태였다. 전신이 마비된 셈이니 죽은 것이나 다름없다고 말해도 무방하리라.

그러나 그것은 소량의 생각처럼 주화입마 때문은 아니었다. 오히려 한 단계 성장했기 때문이라 말해야 옳을 터였다.

소량은 외부의 기운에 의념을 집중했다.

'천지간의 흐름……'

모든 감각은 죽었지만 기감(氣感)만은 남아 있었다.

가장 먼저 느껴지는 것은 음기(陰氣)가 느껴졌다.

오래지 않아 왕성했던 음기 속에서 꼬물꼬물 양기(陽氣)가

자라나 점점 제 덩치를 키워갔고, 음기는 양기를 방해하거나 거스르지 않고 자연스럽게 조화를 이루었다.

음양이 조화를 이루자 오행(五行)이 파생되었다.

소량은 청량한 물이 흐르는 소리를 들었고, 아름드리나무에서 피어났음 직한 꽃의 향기를 맡았다.

추운 겨울날에 쬐는 모닥불처럼 따스한 온기가 몸을 데워주었고, 조금 더워진다 싶으면 서늘한 쇠가 전신을 감싸 차분하고 굳건하게 만들어준다.

그 순간 하단전과 중단전이 열렸다.

태허일기공을 일으키지도 않았는데 단전이 요동을 치더니, 기운이 위로 솟구쳐 황금빛 중단(中丹)을 깨웠다.

어미 품에 안긴 듯 안온한 가운데서 소량은 물방울 소리를 들었다. 마치 옹달샘 위로 기울어진 나뭇가지에서 새벽이슬이 한 방울 떨어진 것 같았다.

'아니, 물방울이 아니다.'

물방울이 아니라 천지간의 기운이 백회를 통해 육신에 스며들고 있었다. 고요한 가운데서 소량은 천지간의 기운이 손을 내미는 소리를 들었다.

물방울 하나가 떨어지자 파문이 인다.

우웅―

태허일기공이 한 차례 진동했다.

물방울이 한 번 더 떨어지자 태허일기공에 일어나는 파문이 조금씩 복잡해졌다. 물방울은 점점 더 빨리 떨어졌고 그럴 때마다 파문은 빠르게 멀리 퍼져 나갔다.

물방울은 시냇물로, 시냇물은 폭포수로 변해갔다.

콰콰콰콰!

들릴 리 없는 소리였지만, 소량은 물길이 쏟아지는 소리를 듣고 있다고 생각했다.

백회로 쏟아지는 천지간의 기운이 점점 더 강해지더니, 그 안에서 어린아이 하나가 빼꼼 머리를 들었다.

중단에서 올라온 기운이 아이의 발을 밀어주었고, 백회에서 쏟아진 기운이 아이의 손을 잡아 끌어당겨 준다.

마침내 양신(養神)이 탄생한 것이다.

갓 탄생한 양신은 사람의 아기와 같다. 건강하게 자랄 수 있도록 오래 두고 기르면 양신이 두정(頭頂)을 뚫고 천계에 오르는데, 이를 우화등선(羽化登仙)이라 한다.

툭, 투툭!

그 순간, 소량의 육신이 기괴하게 비틀리기 시작했다.

환골탈태(換骨奪胎)라!

양신의 태동에 맞추어 육신도 변화하기 시작한 것이다.

소량의 오감이 마침내 다시 열렸다. 그 순간 마치 기다렸다는 듯이 섬뜩한 목소리가 들려왔다.

"소검신!"

그것은 다름 아닌 도마존의 목소리였다.

어느새 어제 혈전을 벌이기 시작한 시간으로부터 하루의 시간이 흐른 것이다.

2

도마존의 얼굴은 잔뜩 구겨져 있었다.

어제 진소량이 무엇을 보여주었던가? 이기어검이었다. 좀 더 정확히 말하자면 이기어검(以氣御劍)의 초입이었다.

자신의 기운으로 검을 놀리는 것을 이기어검이라고 알고 있는 사람이 많지만, 그것은 그냥 허공섭물(虛空攝物)일 뿐이지 절대 이기어검이 아니다.

이기어검은 천지간에 가득한 기로써 검을 움직이는 것으로 그 자체로 도(道)와 닿아 있는 공부였다.

도마존의 무학과는 궤가 다른 무학이었다. 자신의 무공이 마기로서 천지간의 기운을 강제로 부리는 것이라면, 진소량의 무공은 천지간의 기운이 먼저 손을 내미는 듯했다.

그것이 바로 태허일기공이었다.

그러나 기대에 기대를 거듭하고 찾은 흑수촌에서 진소량의 기운이 느껴지지 않는다. 기감을 돋워 주위를 훑어도, 청력을 돋워 호흡을 읽어도 마찬가지였다.
 소량의 내부는 거대한 변화를 일으키고 있었지만, 외부는 귀식대법을 펼친 것처럼 흔적을 남기지 않았던 것이다.
 도마존의 얼굴이 구겨졌다.
 '설마하니 그가 죽었단 말인가?'
 그런 일은 절대로 있어서는 안 된다.
 도마존은 불길한 상념을 떨쳐 내었다.
 '가능성은 두 가지 뿐이다.'
 하나는 천애검협이 중상을 입었을 경우다.
 죽은 게 아니고서야 기운과 호흡이 사라질 리 없지만, 귀식대법과 같은 기공을 사용했다면 이야기가 다르다.
 '다른 하나는 그가 무언가를 꾸미고 있을 경우……'
 도마존의 눈빛이 반짝 빛날 때였다.
 옆에서 학창의를 입은 청수한 인상의 학사가 말을 걸었다.
 "약조하신 시간이 되었습니다. 천애검협이 나타나지 않으면 계획대로 배교자들을 죽이고 싶습니다만."
 학사의 입가에는 살기 어린 미소가 가득 어려 있었다.
 어제 수많은 사람들이 죽는 것을 보고 즐기긴 했지만 아직은 부족한 데가 있다. 직접 자신의 손으로 사람을 죽이는 편이 아무래도 보기만 하는 것보다 즐거운 것이다.
 픽!

그 순간, 학사의 머리가 피안개로 화했다.

"소검신이 나올 때까지, 아니, 내 명령이 있을 때까지 흑수촌의 터럭 하나도 건드리지 말아야 할 것이야."

그 역시 마음 같아서는 당장에라도 흑수촌을 지워 버리고 싶었지만 만에 하나 진소량이 중상을 입은 것이라면 함부로 움직일 수가 없다. 아직 태허일기공을 다 구경하지도 못했는데 실수로 죽여 버리면 그것만한 낭패가 없지 않겠는가.

마인들이 이상하다는 듯 도마존을 바라보았지만, 감히 그의 명령을 거부할 수는 없었다.

흑수촌을 걸어가던 도마존이 크게 고함을 질렀다.

"소검신!"

도마존의 외침이 흑수촌 사방으로 뻗어 나갔다.

나오라는 진소량 대신, 어설프게 낫을 든 두 명의 사내가 모습을 드러냈다. 전날 싸우자고 결의한 자들은 많았으나, 직접 나온 것은 단 두 명밖에 없었던 것이다.

"도, 돌아가라! 이 흉적들아!"

기세등등하게 외치려 했지만 목소리가 떨려 나오는 것을 막을 수는 없다. 종리윤은 다리가 후들거리는 것을 느꼈다.

"제, 제기랄. 종리형, 우리 괜히 나온 거 아니오? 이거 개죽음인데……."

뒷집에서 밭농사를 짓는 감천소라는 사내가 더듬더듬 속삭였다. 종리윤은 침을 꿀꺽 삼키고는 중얼거렸다.

"가만히 있어도 어차피 죽을 거 아닌가."

나름 못 듣게 속삭이는 모양인데, 마인들의 귀에는 천둥처럼 들렸다. 마인들은 서로를 바라보며 실소했다.

종리윤이 다시 한 번 속삭였다.

"어차피 죽을 거면 제수씨보다 먼저 죽자고. 나는 내 딸들, 내 안사람보다 먼저 죽고 싶어."

종리윤의 중얼거림은 마인들뿐만이 아니라, 소량의 귀에도 천둥처럼 들려왔다. 뼈가 강제로 뒤틀려지고 근육이 재구성되는 끔찍한 통증은 아예 느껴지지도 않았다.

'안 됩니다, 종리형. 안 돼.'

당장에라도 뛰쳐나가고 싶은데 전신이 움직이지 않는다. 호흡을 통해 태허일기공을 강제로 일으키고 싶은데, 너무 옅어서 소리조차 들리지 않는 호흡만 배어 나올 뿐이다.

산채로 목내이가 되어버린 소량이었다.

그런 소량의 귓가에 마인들의 웃음소리가 들려왔다.

"이 둘도 죽이면 안 됩니까?"

"허락하지."

뒤이어 도마존의 목소리가 들려왔다.

소량은 그러지 말라고 외치고 싶었다.

하지만 몸이 움직이지 않는데 목소리라고 나오겠는가? 소량의 생각은 생각만으로 남을 뿐이었다.
'도망치십시오! 종리형. 도망……'
서걱, 서걱.
아주 자그마한 소리와 함께 마인들이 크게 웃음을 터뜨렸다. '봤느냐, 내가 이겼다! 나의 쾌검이 제법 쓸 만하지'라고 웃는 것이, 수명의 마인이 동시에 출수한 모양이었다.
'종리형, 종리형!'
소량의 눈에 눈물이 한 방울 고였다.
갑자기 갓 잡은 돼지 간을 내밀던 종리윤의 모습이 떠올랐다. 제 딸아이가 너무 예뻐서 여서 될 놈을 보면 때려죽이지 않을까 걱정하던 팔불출이자, 제 안사람야말로 천하절색이라고 자랑하던 다정한 사람이었다.
'아무 일도 없을 거라고? 약조하겠다고?'
할 수 있다고, 지킬 수 있다고 생각했었다.
능소를 바라보며 반드시 지키겠다고 결심했었다.
'도대체 뭘 한 건가, 나는!'
소량이 어제의 자신을 생각하며 머릿속으로나마 외쳤다.
그때, 도마존의 목소리가 다시 들려왔다.
"나오지 않을 생각인 모양인데… 듣자하니 협객이라지?"
"어이쿠, 왜 이러십니까요! 살려주십쇼!"

촌장의 목소리가 뒤를 이었다.

소량의 마음이 급속도로 초조해졌다.

'촌장님……'

소량이 다시금 내력을 불러일으키려 애썼다. 움직이지 않는 몸을 어떻게든 움직이려 애썼다.

몸이 움직여지는 대신 끔찍한 제안이 들려왔다.

"한 사람씩 죽이면 나오겠느냐, 소검신?"

"히익! 살려주십쇼! 재물이라면 제가 좀 있습니다요! 아무에게도 보여주지 않은 작은 금불상, 아니, 큰 금불상입니다요! 그것을 드릴 테니 살려주십쇼!"

"진소량은 어디에 있나?"

도마존의 질문에 촌장이 의외의 대답을 했다.

"그건 저야 모릅… 아아악!"

촌장이 말을 하다 말고 비명을 질렀다.

도마존이 그의 왼쪽 다리를 잘라 버린 탓이었다.

"대답하면 살려주지. 진소량은 어디에 있나?"

촌장의 목소리가 사라졌다.

소량은 몰랐지만, 촌장의 마음은 크게 흔들리고 있었다.

대답하면 살려준다니, 그게 정말일까? 그렇다면 그냥 말해 버리는 게 낫지 않을까? 그가 자신들을 위해 피 흘리며 싸우긴 했지만 그게 나와 무슨 상관이란 말인가!

분노(忿怒) 291

그토록 백성들을 구하고자 하는 사람이라면 자신을 살리고 죽는 것에 만족하지 않을까?

그때, 촌장의 머릿속에 어제 보았던 소량의 모습이 떠올랐다. 피투성이 몰골로 끝까지 싸우려던 모습이.

소량은 그제야 촌장의 목소리를 들을 수 있었다.

"난 못해, 사람이 어떻게 그래."

소량의 마음이 한 차례 크게 요동쳤다.

처음에는 이제 끝났다고 생각했었다. 무의식중에 촌장이 말을 할 것이라고 믿었던 것이다.

촌장은 살 수 있을 것이라 안도하면서도 할머니와 동생들을 못 보고 죽게 될 것이라는 사실에 절망을 느꼈었다.

하지만 지금, 모든 것이 변해 버리고 말았다.

'말해요, 그냥 말……'

서걱!

촌장의 목이 잘리는 소리와 함께 소량의 의념이 경직되었다.

'촌장님? 촌장님?!'

소량이 의념으로나마 그를 불러보았지만 대답은 없었다. 밖에서는 또 다른 희생자를 찾는 중이었다.

"이번엔 어떤 집이 좋겠느냐?"

"저 집이 어떨까 하외다만."

잠시의 침묵 뒤에 여자의 비명 소리가 들려왔다.
"이번엔 여인이다!"
"꺄아악, 꺄악!"
소량은 그것이 염씨 과부의 비명임을 알 수 있었다.
"나이는 좀 들었어도 미색이 제법 곱군그래."
"뭘 모르는군. 여자는 저 나이 때가 제 맛이야. 제가 취해도 괜찮겠습니까, 마존?"
도마존이 고개를 끄덕인 모양이었다. 소량의 귓가에 옷이 찢어지는 소리, 비명과 신음 소리, 마인이 내는 신음 소리가 차례로 들려왔다.
도마존이 염씨 과부에게 무어라 권하는 소리도 함께였다.
"진소량은 어디에 있는가? 말하면 그만두게 함세."
소량의 의념이 한 차례 크게 요동쳤다. 여전히 할머니와 가족들을 보지 못하고 죽게 될 것이라는 것은 두려웠다. 이 자리에 가만히 있으면 살 수 있음을 소량도 알고 있었다.
하지만 마음 깊숙한 곳은 다른 외침을 외치고 있었다.
'말해요, 그냥 말해 버려요.'
안타깝게도 그것은 누구도 들을 수 없는 외침이었다.
서걱.
무언가 잘리는 소리와 함께 마인의 환호성이 들려왔다.
"취하는 중에 죽이는 것이야말로 재미있는 법이지!"

분노(忿怒) 293

그리고 다시 신음 소리가 들려온다.

죽어버린 염씨 부인을 시간(屍姦)하는 소리였다.

'빌어먹을! 그만! 그만해!'

목소리만 낼 수 있었다면 고함을 질렀을 터였다.

소량은 움직이지 않는 자신의 육신에 욕설을 내뱉었고, 도마존과 마인들에 대한 살심(殺心)을 일으켰다.

양신이 태동한 지금 살심과 분노를 일으켰으니 무슨 일이 벌어지겠는가!

소량의 백회에서 어린아이가 울음을 터뜨렸다. 천만다행히 환골탈태가 끝나가는 과정 중이라 내기에 손상을 입는다거나 육신에 문제가 생긴다거나 하는 일은 없었다.

그저, 기운이 살짝 바뀔 뿐이다.

우우웅—

태허일기공이 살기를 빨아들이듯 흡수한다. 한 마리 고고한 학 같던 기운이 흉포하기 짝이 없는 야수의 것으로 바뀐다.

그토록 노력해도 움직이지 않던 태허일기공이 소량의 육신을 따라 미친 듯이 회전했다.

소량의 손가락이 약간이나마 움찔했다.

"놔라, 이 악적들아! 놔!"

그 다음으로 감승채라는 사내의 목소리가 들려왔다.

그는 조금 전에 종리윤과 함께 죽어버린 감천소의 동생으로, 소량과는 크게 인연이 없는 자였다.

소량은 차라리 그것을 다행으로 생각했다.

"진소량은 어디에 있는가?"

"퉤엣!"

집에 숨어 있다가 제 형의 죽음을 목도한 감승채가 도마존의 얼굴에 침을 뱉었다. 물론 그 침은 도마존의 얼굴에 닿기도 전에 연기가 되어 사라졌다.

'말해! 그냥 말해 버리라고!'

소량은 고함을 지르고 싶은 기분을 느꼈다.

소량 대신, 감승채가 고함을 질렀다.

"나도 인간의 도의란 건 안다! 너 같은 개잡종은 우리 목숨 구하려고 자기 목숨 바친 사람을 못 알아볼지 모르지만 인간인 나는 안다! 그냥 죽여라, 우리 형의 원수!"

소량의 의념이 다급하게 애원했다.

'잠깐! 잠깐만 기다려, 제발 잠깐만……'

서걱.

들릴 리 없는 애원을 하던 소량의 의념이 움찔했다.

소량의 의념이 뜨거운 분노와 섬뜩하리만치 차가운 살기를 머금었다. 소량의 육신을 회전하던 태허일기공이 조금씩 더 빨라지더니 육신이 조금씩 움직여지기 시작했다.

분노(忿怒) 295

'빌어먹을! 제기랄! 개자식들아, 그만해!'

소량이 욕설을 내뱉는 사이, 장석문이 끌려왔다.

"살려주십쇼! 살려줘요!"

"흐이이."

장석문의 목소리 뒤로 능소의 목소리가 들려왔다.

장석문이 의아한 듯 되뇌었다.

"느, 능소?"

장석문의 팔을 잡아당기던 능소가 이번엔 그를 끌고 나오는 마인의 팔을 잡고 놓으라는 듯 열심히 흔들었다.

"놓아줘, 놓아. 흐이이."

장석문의 눈빛이 조금씩 붉어져 갔다.

도대체 능소의 마음을 알 수가 없다. 능소가 어머니의 모옥을 짓느라 자리를 비웠을 때에 장석문은 자신이 얼마나 많이 능소에게 도움을 받았는지 알 수 있었다.

그렇다고 새경을 줄 생각이나 앞으로 부려먹지 않겠다는 생각을 한 건 아니었다. 그냥 멍청한 놈이라 남이 저에게 힘든 일시키는 줄도 모르나 보다 했을 뿐이었다.

"흐이이. 놓아, 놓아."

"너는 내가 밉지도 않으냐?"

장석문이 눈물이 가득 고인 얼굴로 중얼거렸다.

제 목숨이나 챙기지, 평소부터 멍청하게 헛심 써가며 이

일, 저 일에 끼어들더니 제 목숨도 챙길 줄 모른다.

"가라."

장석문이 그렇게 말했을 때였다.

때마침 도마존이 차가운 어조로 중얼거렸다.

"눈을 보니 백치구나. 죽여라."

장석문의 눈이 휘둥그레 커졌다. 자신을 끌고 가던 흉한이 칼을 뽑아 들고 있었다. 능소는 그것도 모른 체 장석문이 놓여난 것이 기쁜 듯 히죽 웃어 보였다.

장석문은 그래서 도망치지 못했다.

서걱!

능소를 밀쳐낸 장석문은, 왼쪽 어깨부터 오른쪽 옆구리까지 이어지는 긴 자상을 입었다.

장석문이 멍하니 아랫배를 내려다보았다. 실선을 따라 핏물이 번지더니 조금씩 벌어져 선홍빛 내장이 보인다.

장석문은 능소에게로 시선을 돌렸다.

"살아, 이 멍청아."

그 말을 유언으로 장석문이 털썩 뒤로 쓰러졌다.

능소가 얼굴을 일그러뜨리며 울음을 터뜨렸다.

"흐이이."

"너는 진소량이 어디에 있는지 아느냐?"

능소는 장석문의 시신 앞에 주저앉아 울음만 터뜨릴 뿐 대답이 없었다. 정신 차리라는 듯 장석문의 시신을 흔들어대던 능소에게 마인이 마지막으로 질문을 던졌다.

"천애검협이 어디에 있는지 아느냐고 물었다."

능소는 그제야 눈물 고인 눈으로 마인을 올려다보았다.

엄마는 항상 거짓말을 하지 말라고 했다. 정직하게 살면 하늘이 큰 복을 주신다고 했다. 태양처럼 부지런하게 살면 하늘이 비를 주고 땅이 먹을 것을 준다고 했다.

그래서 그렇게 살았다. 새벽부터 일찍 일어나 열심히 거름을 삭히고 밭을 갈았다. 일이 끝나면 마을사람들을 도와주었고, 해가 떨어지고 졸음이 찾아오면 잠을 자러 갔다.

너 때문에 바람피운 것이 들켰다고 마을 사람들이 찾아와 때린 적도 있지만 그래도 능소는 거짓말을 하지 않았다.

그런 능소의 마음속에 무슨 불가해한 일이 일어난 것일까. 능소가 생애 처음으로 거짓말을 했다.

"몰라."

"그럼 죽어야지."

마인이 차갑게 웃으며 검을 들어 올릴 때였다.

"…능형!"

서걱!

무언가 베이는 소리와 함께 마인이 목을 잃은 채 털썩 무릎을 꿇고 쓰러졌다.

그 앞으로는 능소가 거꾸러져 있었다.

마인의 목이 달아난 것이 먼저인지, 능소의 목에 구멍이 생긴 것이 먼저인지는 아무도 알지 못하리라.

마인의 목을 벤 사람은 다름 아닌 소량이었다.

"하하하! 드디어 나타났구나, 소검신!"

도마존이 환희에 젖은 얼굴로 외쳤다. 마인들은 어제 크게 상처를 입었던 천애검협 진소량이 아무렇지도 않은 모습으로 다시 나타난 것을 보고 대경하여 입을 다물었다.

잠시 무거운 침묵이 흘렀다.

쏴아아—

사방에 빗소리가 가득히 울려 퍼졌다.

'능형······.'

무릎을 털썩 꿇은 소량이 떨리는 손으로 능소의 어깨를 잡아 뒤집었다. 능소의 목에는 커다란 구멍이 뚫려 있었다.

능소의 얼굴은 울음을 터뜨리던 그대로였다.

소량은 어찌할 바를 모르는 사람처럼 주위를 둘러보았다. 가장 먼저 별 교분이 없음에도 자신의 위치를 말하지 않은 감승채가 보였다. 그 뒤로 치마가 뒤집힌 채 쓰러진 염씨 과부와, 목과 다리가 잘린 채 쓰러진 촌장, 제 내장을 침상 삼아 엎드린 장석문이 보인다.

'지켜주겠다고? 아무 일 없을 거라고?'

소량은 다시 능소의 시신으로 고개를 돌렸다.

눈을 뜬 채로 죽어 있는 모습이 안타까워 눈을 감겨주고 싶은데 손을 뻗을 수가 없다. 몇 번이나 멈칫멈칫 주저하던 소량이 부들부들 떨리는 손으로 능소의 눈을 감겨주었다.

이상하게도 눈물이 나오지 않았다.

쏴아아―

빗소리가 점점 커져만 갔다.

지나칠 정도로 오랜 침묵이 이어졌다.

"소검신, 오늘은 어제와는 다른 무공을 보여줄……'

침묵을 뚫고 도마존이 무어라 입을 열 때였다. 능소의 앞에서 무릎을 꿇고 있던 소량이 나직한 어조로 중얼거렸다.

"도망치지 마라."

주변의 마인들이 얼굴 가득히 비웃음을 지었다. 어제는 도망가는 사람은 베지 않겠다더니, 이번에는 도망가지 말란다. 하지만 지금, 도망쳐야 할 사람이 도대체 누구겠는가!

그 순간, 소량에게서 살기가 폭사됐다.

"도망을 쳐도……"

소량 주변에 있던, 아니, 흑수촌에 있던 모두가 두어 걸음씩 뒤로 물러났다. 심지어 도마존마저도 말이다.

내리는 비를 맞고 있던 소량이 마인들에게로 시선을 돌렸다.

빗물에 젖은 머리카락 사이로, 그들 같은 마인들조차 한 번도 보지 못한 섬뜩한 살기를 담은 살귀의 눈빛이 보였다.
"쫓아가서 죽인다."
소량의 내부에 숨어 있던 야수가 거칠게 포효했다

『천애협로』 7권에 계속…

이제부터 전자책은
이젠북
www.ezenbook.co.kr

새로운 세계가 열린다!

김재한『성운을 먹는 자』 철백『대무사』
니콜로『마왕의 게임』 가프『궁극의 쉐프』
이경영『그라니트:용들의 땅』 문용신『절대호위』
탁목조『일곱 번째 달의 무르무르』 천지무천『변혁 1990』
강성곤『메이저리거』 SOKIN『코더 이용호』

이름만 들어도 황홀할 정도의 별들의 향연!
이들의 "유료연재"가 시작됩니다!

초대형 24시 만화방

신간 100%, 샤워실, 흡연실, 수면실(침대석), 커플석, 세탁기 완비

■ 광명 광명사거리역점 ■

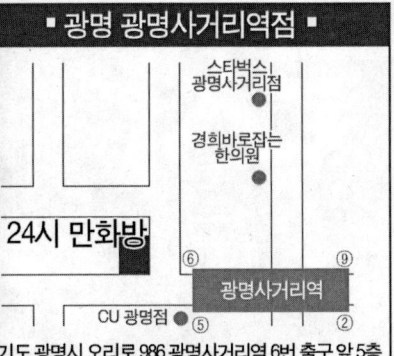

경기도 광명시 오리로 986 광명사거리역 6번 출구 앞 5층
02) 2625-9940 (솔목타워 5층)

■ 강북 노원역점 ■

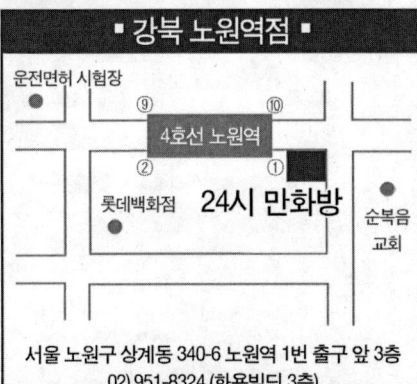

서울 노원구 상계동 340-6 노원역 1번 출구 앞 3층
02) 951-8324 (화용빌딩 3층)

■ 일산 정발산역점 ■

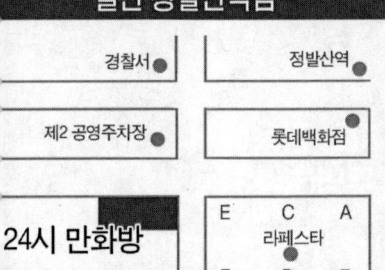

라페스타 E동 건너편 먹자골목 내 객잔건물 5층
031) 914-1957

■ 일산 화정역점 ■

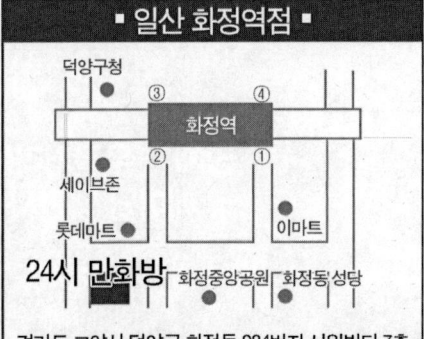

경기도 고양시 덕양구 화정동 984번지 서일빌딩 7층
031) 979-4874 (서일사우나 건물 7층)

■ 부천 역곡역점 ■

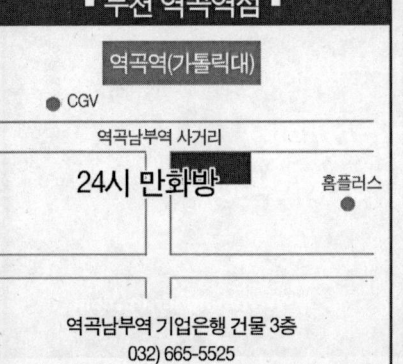

역곡남부역 기업은행 건물 3층
032) 665-5525

■ 부평역점 ■

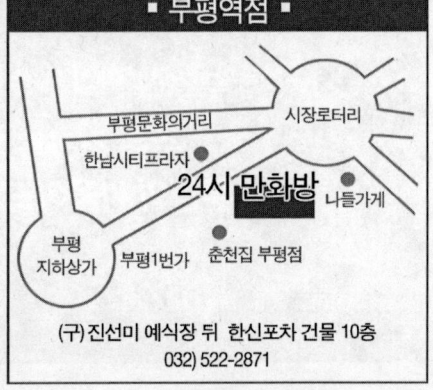

(구)진선미 예식장 뒤 한신포차 건물 10층
032) 522-2871

실명 무사

김문형 新무협 판타지 소설

FANTASTIC ORIENTAL HEROES

**망자가 우글거리는 지하 감옥에서
깨어난 백면서생 무명(無名).**

그런데, 자신의 이름과 과거가 기억나지 않는다?
잃어버린 기억을 되찾기 위해 망자 멸절 계획의 일원이 되는 무명.

**망자 무리는 죽음의 기운을 풍기며
점차 중원을 잠식해 들어가는데……!**

"나는 황궁에 남아서 내가 누구인지 알아낼 것이오."

**중원 천하를 지키기 위한
무명의 싸움이 드디어 시작된다!**

Book Publishing CHUNGEORAM

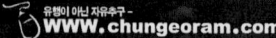
유행이 아닌 자유추구 -
WWW.chungeoram.com